—————— 阅读之前 没有真相

午夜文库

废墟中的少女侦探2

[日]相泽沙呼 著
靳园元 魏寒冰 译

新 星 出 版 社　NEW STAR PRESS

目录

1	劣等的落花
53	心灵神探
101	看不见的坠落
149	告别孤单

劣等的落花 ───

1

吹来的风还有些冷的时候，变脏的樱花色的尘埃会轻摇坠落。

我紧握着扫帚，收拾着春的残渣。

扫除的时候连呼吸都困难。每次呼吸时胸口都一阵难受，好像要窒息了。黯淡的花瓣散落在地上，仿佛是从水灵璀璨的春天脱离出来的残次品。旁边女生们聊天的声音震动了空气，连续不断地刺进耳朵里。大家已经扔掉了扫帚和垃圾袋，在校园里起劲地聊起来。我能做的就是低着头、默默地扫地。在花瓣坠落时，用机械性的动作聚拢樱花上的水滴。花瓣已经枯萎、变成茶色，是很丑陋的残渣。

"柴山！"

突然，有人喊我。

我吓了一跳，肩膀抖了一下，下意识地把手里的扫帚握得更紧了。我战战兢兢地抬起头。到底是谁喊我？原来是一个同班的男生，但是我一时想不起他的名字。因为一升年级就会重新调整班级，所以我基本上不记班里同学的名字。这样突然被叫住，让我屏住呼吸。他要跟我说什么啊？我脑袋里一片空白。由于太久没有和人搭话，所以我脸颊变热、心跳加速。

"柴山，你是不是摄影部的哇？"

他说着一口很有特点的方言，虽然很瘦，但是看起来身体柔韧性好，似乎很擅长运动。我想起来了，他是坐在我右前方的男生。休息时他总是很活跃，是男生中的核心人物，还经常看到他很轻易就融进女生的圈子。高梨，他好像叫这个名字。

"啊？"我在困惑中出了个怪声。这可能是我上高二以来第一次和同学讲话。"不，我没参加社团。"

"咦，是吗？但是你放学之后不是经常在奇怪的地方走来走去吗？"

"嗯，这是因为……"

其实我放学后在学校里徘徊是受茉莉花之命，调查诡异的灵异事件。但是她不让我把她的事情告诉别人，所以我只好住嘴。只是这样一来我的行为又变得很难解释。我实在没办法了，只好回答他："我对调查灵异事件很感兴趣。"普通人听到一定会觉得"这家伙没事吧"，怎么头脑还停留在小学生的水平啊？然后就此打住。

"咦，真的啊？"高梨却把脸向前凑了凑。我慌张地向后退了一步。他睁大了眼睛，我连他瞳孔的颜色都能看到了。他滔滔不绝地说道："啊，是这样啊？真厉害啊！咱们这所高中有好多传说耶。我初中的时候从来没听说过灵异故事，真是新鲜事。那……调查完了呢？上传到网上吗？有很多这种网站。都市传说大全网！"

真是令人意外的反应。

"那、那个，你肯定查过'一年级的梨香子'的事情吧？"

"梨香子？"

"什么？你调查灵异事件，竟然不知道这件事？"

我摇摇头。

"你不行啊，有负灵异事件探寻者之名。"

其实我并没有当探寻者的信心。

高梨将那件事告诉了我。

"梨香子据说是在这个学校死的。好像是从高处跳下来摔死的。"

我声音沙哑。"是自杀吗？"说出这话时仿佛心里紧了一下。

"不知道她是为什么死的，连传言都没听到。只是……她对于学校还有不舍，时常会现身显灵。"

"现身？在哪儿现身？"

"这谁也不知道。"

说着，高梨仰望着教学楼。

"自从她死后，在特定年份的春天，刚入学的一年级学生身边就会发生奇妙的怪事。比如老师准备的讲义少了一份，或者放学之后总觉得教室里有人，但是当时确实没有人在……

"更奇怪的是，在大家一起聊天的时候，会有一个谁也不认识的女生加入进来。那时候大家都刚刚入学，互相之间长相和名字都没有完全熟悉。几个女生正在教室里聊天，其中一个女生注意到有一个面生的女生进来了。那个女生什么也不说，就只是默默地站在那儿。过了一会儿，那个女生又突然消失了。注意到的女生感到很疑惑，就向大家询问，'有谁认识刚才站在这儿的女孩？她是哪个班的？'但是大家都一脸茫然地摇头。"

高梨淡淡的说话方式和独特的方言，给人很奇妙的感觉。

"那就是'一年级的梨香子'？"

"是啊。特定年份是指每三年一次，新生戴胭脂色领带的时候。梨香子是在读高一的时候去世的，所以她会以当时的样子出现。如果领带的颜色和大家不同的话会很容易被发现，所以她每三年才会在学校出现一次，其他的年份她不会出现。另外，春天过去之后，大家都熟悉了身边人的长相和名字，她就不见了，因此，只有在刚入学这短短的时间里出现。"

出现了一个本不该出现的人。

这是灵异事件中常有的桥段。

我突然想起来……

"高一的领带是胭脂色的时候……那就是，今年。"

"对对，没错！这是不是最适合调查的题材？据说这可是学校里最有名的灵异事件。"

"是吗？"

我背对高梨，盯着扫帚。这所学校里最有名的灵异事件？那怎么没听茉莉花讲过。

"对了，柴山，你和摄影部什么关系？"

"啊？没、没什么关系啊。"

"那怎么总看到你抬着三脚架，和那个女生一起。她叫什么来着，那个咱们班的女生，戴红边眼镜的那个。"

"小西？"

"对，就是她。"

高梨笑着，使劲点头。

"嗯……她是我朋友。我只是偶尔帮她的忙。"

高梨"咦"了一下，好像觉得哪里很怪异。"是吗？我还以为你是摄影部的呢。"

高梨的话让我心中产生了奇妙的疑问。

我和摄影部真的没关系，和小西也只是偶然相识。放学之后我经常在教学楼徘徊，小西也喜欢在学校进行拍摄，所以才会遇到，仅此而已。我并没有参加摄影部。只是，扛着相机跟在小西身后时，会让我觉得不那么忧郁。

更何况，高二再加入摄影部，已经不可能了。

高梨望着教学楼说："我想加入摄影部。"我抬起头"哦"了一声。染脏的樱花在空中飘舞。"我想，如果柴山你是摄影部的，就会知道怎么提交申请了。我连摄影部在哪儿都不知道。"

我手握扫帚把，愣住了，仿佛时间已静止。

原来如此。

我想如果没有特别的事情，没有人会和我这样的人搭话吧。

只可惜，我连这点事情都没办法帮他解答。不过摄影部的位置我还是知道的，可是我最终什么都没说。

一阵强风吹来，还带着冬天的痕迹，感觉微冷。

2

进入五月之后，天气逐渐回暖，空气中弥漫着清新而有活力的自然香气。从教学楼眺望到的那片樱树林已经彻底过了花朵繁盛期，树上挂满了绿色的嫩芽。

黄昏时，我一边眺望晚霞，一边走在连接旧教学楼的一层走廊上。是的，我又在帮无论走到哪儿都如影随形的茉莉花搜集灵异事件的情报了。

茉莉花听说旧教学楼的走廊里出现了一个吃面包的奇怪女生。真是不知所谓。

旧教学楼里依旧熙熙攘攘。吹奏部最近吸收了新同学入部，正在加紧练习，可能是马上要参加演出，所以到处都能听到乐器的声音。他们的分组练习占据了走廊和很多教室。我走在充斥着音乐练习声的走廊里，刚好遇到一些男生搬着很重的椅子和遮光窗帘从我身边走过。我有点不知所措，心想，这么嘈杂的地方怎么会有吃面包的奇怪女生呢？

"等一下，你这偷面包的贼！"

突然，从走廊那边飞蹿出一个女生。她留着短发，戴着红框眼镜，一副男孩子打扮，一看就知道是她。

"呀，柴山。"小西看到我便猛地急刹车站定，一边扫视周围一边问，"你有没有遇到个女孩子？"

"什么女孩子？"

"没看到吗？"

我刚才径直穿过走廊，但并没注意到有个女孩子。不，不对。

"我看到有人上了那边的楼梯。"

小西三步并作两步飞奔上我所指的楼梯。百褶短裙的下摆有活力地飞舞着。"喂，站住！"她好像是在追谁，声音很急切。

偷面包的贼？

我的右首边立着一排鞋柜，原来这里是教学楼的大门，但是现在已经不再使用了。而左首边，离我很近的就是楼梯，楼梯旁边就是小西冲出来的小走廊。顺着这条走廊可以到达新闻部、摄影部这些社团的教室。难道小西要追的人是从教室里面跑出来的？

小西到底在追谁啊？

我站在原地思索着，不一会儿小西便从楼梯上下来了，不可思议地歪着头。

"喂，柴山，没有一个女孩儿经过这里吗？"

"没有。"

"她没有藏起来吧。"

"你在追什么人啊？偷面包的贼？"

"啊，我刚才说偷面包的贼，只是开玩笑的。"小西若无其事地转过身去，乌黑的头发随风飘动，露出白净的脖颈，"是不是在这里？松本？"她向鞋柜方向巡视，"你已经被包围了哦。趁现在赶紧出来吧。别吓人了，赶紧出来！"

小西在鞋柜的前后左右查看了一遍之后，又去扒了扒已经废弃不用的玻璃门。但是那扇门平时都锁着，是打不开的。

仔细查看了一番依旧没有收获，但小西还是一脸不放弃的表情，又在周围搜寻。

"多难得的新人啊……对了，柴山，你在这里别动，帮我守着，看有没有人经过。"

小西去到走廊最里面，询问正在练习萨克斯的女生们。那地方旁边正好是厕所。不一会儿，小西就回来了。

"那边也没有。她到底到哪里去了？柴山，确实没有女孩从你身边经过吗？"

自从刚才进入旧教学楼之后，我就没有和女孩子面对面走过。

"到底发生了什么？你在追谁？"我满腹狐疑，只想尽快知道情况。

"喂，柴山。"

我向声音传来的方向看去，是从教室里走来的高梨。

"刚才那个女孩儿呢？这是部长让拿来的。"

他挥舞着手里的一份资料。

"不见了。"小西歪着头，"唉，真是奇怪，她到底去哪儿了？"

"那个……可以告诉我出什么事了吗？"我有点不耐烦了，再一次小声问道。

"是这样，摄影部一个难得的新成员逃掉了，所以我就追出来了。"

"能把小西甩掉，真是飞毛腿呀。"

"不是的，不管她速度多快，都应该会遇到柴山。"

他们俩一直说些我不太明白的话，我心里有些不舒服。

"拜托，可不可以给我解释一下……"

小西叹了口气说道："刚才，一个高一的女生来到摄影部的教室，然后突然说还有其他事情，就走了。"

高梨接着说："今天社团体验就要告一段落了。我们社团的部长很着急，说至少要争取到一个新人啊。但今年来我们摄影部报名的只有刚才那个女孩子。"

"然后，我就猛追。柴山，你是从那边过来的吧？"小西还是一副不能释怀的样子，又问了我一遍。

他们俩的解释简明扼要。

就在刚才，有位想加入摄影部的高一学生来到教室。她的名字好像叫松本茉莉香，是三天来唯一想报名摄影部的学生。但是她刚进入教室就又突然说"我想起还有其他事情，先走了"，然后就跑掉了。小西为了追松本也出了教室，就遇到了我。

"如果她想回新教学楼的话，就一定会经过走廊，但柴山没有遇到她，这就奇怪了。"

小西指着走廊那头连接新教学楼的门。一层只有这一个通道，如果从旧教学楼出来回新教学楼的话，一定会经过我刚才来时走过的走廊。但是……

"那个女孩子会不会上二楼去了？"

小西摇了摇头。"吹奏部的同学在楼梯转角练习呢，大家都说没人经过。"

我抬头看着旁边的楼梯，心想，可我确实看到有人上去了啊。

我开口道："那个，我确实——"

"大门那边有吗？"

我的声音被高梨的大嗓门儿盖过去了。因为有吹奏部的练习声，我们说话的声音自然而然地大了不少。

"那道门平时是锁着的，打不开。"

"厕所那边呢？"高梨指着正在练习萨克斯的女生们所在的位置。

"那边的女生也说没人经过。"

听了小西的话，高梨沉默了，他用食指在太阳穴上按了一会儿，说道："等一下，除此之外，就只有这里了。"他顺着走廊往回走，"途中会经过很多个教室，小西，你会不会跑过了？"

"啊？"小西感到很意外，"你是说她藏在教室里了？白痴吗？为什么要藏起来？"

"这个我就不知道了，不过相当诡异啊。"

两人一起往回走。我愣在原地，因为我确实看到一个女孩子上了楼……

但是那两个人好像一点儿都不相信我的说法。小西一边喊着"松本，快出来"，一边往走廊那边走去。高梨回头看着小西，吃吃地笑着，说道："她为什么逃走啊，小西，是不是你欺负新人啊？"

"才没有呢。反倒是你高梨，是不是调戏人家了？"

虽然我和他们只隔着几米的距离，但却感觉两个人离我很遥远。高梨是什么时候加入摄影部的？为什么他和小西说话如此亲密？真是不可思议。明明几天前，高梨连小西的名字和摄影部的位置都不知道。

而我甚至觉得连自己的教室里都没有属于自己的位置，经过了一年，才终于习惯了这种苦闷。我终究和普通人不一样啊，不能像普通人一样发自内心地笑，不能自然而然地与环境融合、与人亲近。

"柴山。"

我有点恍惚,没意识到小西过来。

"你在干什么呢?也过来找一下吧。反正你也有空,对吧?"

"嗯……"

"真是太奇怪了。"小西嘟囔着,用力一拽我的袖子。我差点儿向前栽了一个跟头。

"到处都上了锁。"

我们走进教室这边的走廊,这条是右拐的"L"形走廊。左边是物品管理室和资料室。

"门都锁着。"高梨说。他把物品管理室、资料室、新闻部等所有教室的门都试着开了一下,发现没有一扇能打开。"今天新闻部休息,没有人。物品管理室和资料室平时就锁着。那边的多媒体教室也是,今天电脑部没有活动,所以也进不去。"

"到底为什么要躲起来呢?难道我真的对她做了什么坏事吗?"

"这就是推理小说中常说的密室了。"

"啊?哪里?谁也没死吧?"

"虽然没发生死亡事件,但是只要没有通往外界的通道,就可以叫作密室。所有的房间都锁着,厕所、楼梯都没人通过。这说明走廊处于密室状态。"

"嗯。但是,也许柴山走路的时候没留神,没注意到有人经过。这个因素也不能不考虑进去呀。"

小西怀疑地看着我。确实,教室上了锁,不可能藏进去;如果去厕所,就必然会被吹萨克斯的女生看到;想要回到新教学楼,就必须经过我刚才所在的走廊。但是……

我看到有女孩上了楼。而且既然到处都找不到松本，那就只有二楼了。

"那个……我一路过来，的确没有遇到女孩子。"

"真的吗？对天发誓？以性命起誓？"

小学生玩儿的把戏。

在小西的指责中，气氛变得有些凝重。"柴山好像心思没在这里的样子。总像天上的云一样飘着，讲话也有点离题。"

这句话仿佛冬天的静电。我的心脏仿佛停止了跳动，脸颊绯红。为了不让大家察觉，我背过脸，假装去看走廊里的黑板。而假装做一件事是我最擅长的。假装很忙，假装睡着，假装不是一个人，假装感觉不到孤独。

小西他们的声音好似隔着一道墙，远远地传来。

他们正向摄影部的教室走去，好像忘记了我的存在。

"啊，对了，要麻烦高梨你拿一下摄影会的东西。两个三脚架，一个帆布背包，里面有社团成员共用的替换镜头。因为远距镜头可以轻松拍到几公里的范围。就把这当成对新入部男成员的考验吧。"

"啊？真的假的？"

"当然是真的。你是男生嘛。"

"唉，这些东西应该自己拿才对。"

"下次要去的是废墟，万一出事了，是要出去战斗的。"

"能出什么事啊？"

"比如遇到熊。"

现在，帮小西扛三脚架的已经不是我了。不过"摄影会"倒是个很有趣的词，是干什么的呢？会拍出怎样的照片呢？其实我并不是对这些事情没有兴趣，而是觉得它们离我的世界太远。

"柴山。"远处的小西同学回过头来,"一会儿大家要一起去唱卡拉OK,你想不想一起去?"

"不了,我还有别的事。"

我摇着头,向走廊那头走去。

3

　　我怕再待下去场面会很尴尬。

　　虽然没搜集到情报可能会让茉莉花很生气，但我现在实在没心情去追查怪人的事，于是赶紧和他们告别，准备回家。

　　我踏着太阳光照射不到的台阶向上爬，微微有些喘息，但还没到上气不接下气的程度。在小西和摄影部的成员一起玩乐的时候，我更想一个人窝在被窝里。毕竟我从没唱过卡拉OK，而且我会唱的也只有一些令大家扫兴的歌曲。

　　上到五层，看到她房间的门像往常一样开着。好不容易用电钻钉在墙上的门链锁也一直闲置没有使用。

　　茉莉花是像魔女一样奇怪的人，她自称住在这座废弃的大厦里。她穿着我们高中的制服，但从来不去上学，只是用望远镜观察学校。我不知道她的年龄，如果是今年春天没能毕业而留级的话，估计有十八岁左右。虽然她的外表看上去像十几岁的少女，却没有一丝孩子气，她眼神沉着、表情懒散，唇边还时而浮现出妖艳的感觉。

　　茉莉花此时正趴在床上，身穿白色衬衫搭配藏青色针织背心，脚穿藏青色鞋子，双腿一直在摇晃。床上散乱地摆放着很多东西。一点风就能吹跑的薄薄的纸币却堆成几座山，中间是一个巨大的棋盘，棋盘上立着几个汽车形状的棋子，看起来很廉价。棋盘中间的圆盘上刻着显眼的数字。

"这是模拟人生游戏吧？"

我心想为什么这里会有这种东西？茉莉花始终没看我，而是缓缓转动着圆盘。塑料指针发出细小而奇妙的声音。她左手拿着棒棒糖，棒棒糖因被唾液浸湿而闪着诱惑的亮光。

"是啊，你这家伙连模拟人生游戏都不知道吗？"茉莉花按照圆盘所指的数字移动了棋子。

"我知道。"

我心想，可这应该是多人游戏啊。

我战战兢兢地走近，看着棋盘上的情况。棋盘上一共有三枚棋子，全部都由茉莉花一个人控制。雪白的手又再转动圆盘，这次摇出的数字是"2"。她拿起紫色的棋子，向前走了两步。"不懂察言观色，导致工作失败。损失三千美元，后退四格。"按照格子里的说明，钱被拿出去，棋子也退了回去。"只有柴山号到现在都没有结婚，走了还不到十格。这是什么情况？"茉莉花审视棋盘，认真地说。

"怎么这么不吉利，像被诅咒了一样。请你别随便给棋子取名字。"

我坐在床边，找到了她说的棋子。紫色的车上只有他一个人。其他棋子上的人已经结婚，甚至有了孩子。真的是巨大的差距啊。这模拟人生好像预示了我的未来似的。

茉莉花像小猫一样舔着棒棒糖。最前面那颗棋子的人生非常顺利，已经和其他棋子拉开了距离，车上有很多孩子。茉莉花继续转动转盘。这次跳到的指令是一家子在三星级酒店吃饭，花了一千美元。她有些吃惊，微微咋舌。

"哪个棋子代表你？"

"你这家伙，"茉莉花眯起眼睛，终于看向我，像往常一样用没有起伏的口吻说，"为什么我要把自己的人生寄托在一个游戏上。这里面没有棋子代表我。这个是黑猫号。第二名是土佐犬号。最后那个一直在人生谷底挣扎的倒霉鬼是柴山号。"

我的人生连猫狗都不如啊。

"话说这个东西是从哪儿来的啊？"

"捡到的。但没有想象中好玩。"

那是当然，如果一个人玩都那么有趣的话，那真是见鬼了。

棋盘上的黑猫号和土佐犬号已经又有孩子又有钱了。相反，末尾的柴山号上只插了一根大头针，显得非常落寞。破产近在咫尺，一遍又一遍地回到起点，在败犬的道路上越走越远。真心希望这样的人生不要在现实生活中出现。

自己一个人待着真是轻松自在。我习惯了这样的生活方式，觉得这很正常。

虽然是这样，但为何又觉得如此痛苦呢？

突然一个性感的声音让我的脖颈痒痒的，原来是她从嘴中拔出棒棒糖的声音。我看着她的眼睛——那双百无聊赖地盯着棋盘看的眼睛，我看着她在这废弃的地方一个人玩模拟人生游戏的样子。

"喂。"我坐在满是灰尘的床上，问，"要不要我和你一起玩这个游戏？"

比起一个人玩，有人陪着一起玩肯定更有趣一些。

"不要。"茉莉花瞥了我一眼，目光锐利，"这游戏完全靠人品，对手是自己或其他人，其实结果都一样。再说我已经玩腻了。"

茉莉花说完，直接用手横扫棋盘。棋子都翻倒在地，钞票也都散落在床上。

我被无情地拒绝了。她仰面躺在床上，嘴里含着棒棒糖，仿佛突然想起了什么。

"你今天来得很早嘛。"

其实我今天准备回家去的，只是顺路到了这里。

"这个……怎么说呢。"

"你又跟那个戴红框眼镜的女生待在一起了啊？"

茉莉花嘴里含着棒棒糖，像玩偶一样面无表情地看向我。

我感觉到一阵寒意，正襟危坐起来，心想，从这个角度很难看到旧教学楼的一层，怎么又会被她看见了？难道对于这个魔女来说没有死角吗？

"今天发生了一些奇怪的事情。"

这个妖艳的魔女拥有神奇的力量，可以轻松地把看似奇妙的事情或鬼怪故事用合乎情理的方式解释清楚。我确实看见一个女生爬上楼梯，但是小西却说没有人爬上二楼。那么我看到的是幻象吗？没有其他的通道，被小西追逐的松本又消失去哪里了呢？我原原本本地向茉莉花讲述了事情的经过。

4

　　像我这样的人，应该会被所有人讨厌吧。

　　在稿纸上码字的工作进行得不太顺利。每当女生们的笑声响起的时候，我都会不由自主地停下笔，屏住呼吸，身体僵住。

　　放学之后，女生们会在教室里热聊。聊天的内容很无聊，主题一般都是不想和怎样的男生交往之类的。一个震耳欲聋的声音传来："我绝对不会和性格柔弱的男生交往。"我的身体蜷缩起来。"是啊，我也是。"其他女生继续接话，"他好像是美术部的。美琪说他特别没有自信，每天情绪都很低落，经常叽叽咕咕不知道说些什么，还特别不好相处。哇塞，你能想象吗？他绝对有恋母情结。我真的完全不想和他接触。那家伙真是完全没有一点儿优点啊。"

　　女生们聊得很起劲儿，一个个表情很兴奋，还时不时拍手，教室里到处都回荡着她们的声音。她们可能觉得这不是背地里说人坏话，也不是故意欺负哪个男生，而只是聊到不想接触什么样的男生这个话题时随口聊到的。所以大家都没注意到在教室一角码字的我，也没注意到我手中的笔一度停下，紧张得肩膀颤抖，定不下心地咬着嘴唇。

其实我是有意避开大家的，但并不是因为我喜欢这样。我和那个人不一样。

我很想和大家在一起，也并不想被大家讨厌。但是即便在热闹的环境中，我的四周也总有一道看不见的透明墙壁。也许大家可以很轻易地挣脱开，但我却像被包裹着，没办法走出去。到底应该怎样才能走出去呢？指纹认证？密码？还是神秘咒语？到底我缺少了什么，有什么地方和别人不一样？

天空，模糊一片。

"柴山！"

有人叫我。

"喂，终于找到你了。"慌慌张张跑过来的是高梨，"之前你真的没遇到松本吗？"

"是呀。"现在这个场合，怎么突然聊起这个话题，"怎么了？"

"真是不可思议，世上竟然有这么奇怪的事情。我们非常需要你的帮助。"

他抓住我的肩膀，我连人带椅子一下子向后仰去。

"能不能来一下摄影部？"

"现在吗？"

"就是现在。"

我看了看手头的稿纸。

"那个。"我小声说道，声音略显嘶哑。我感觉到我的脸有些发热。怎么办？我的说话方式，不光女生，可能连男生都接受不了。"这个是今天必须交的，可以等一下我吗？"

"哦，这个呀。"高梨笑了笑，满不在乎地回答，"没问题呀，差不多快写完了吧？"

我不到五分钟就写完了作业。去摄影部的路上，高梨告诉了我那天之后发生的事情。

"从那天之后，松本再也没来过摄影部。唉，当时我觉得，可能是因为她并不想正式入部，或者有什么事情来不了了。但是部长特别希望有高一学生加入，考虑再三，部长决定直接去高一班级教室找她。就在那里，发生了奇怪的事情。"

"什么奇怪的事情？"

"高一根本没有叫松本茉莉香的学生。"

"什么？哪个班都没有吗？"

"部长去了松本班的教室，高一 A 班。他问了班里的同学，但是没有人知道松本茉莉香这个学生。很奇怪吧？然后部长去问了班主任，连老师都说不知道。"

"是不是找错班级了？"

"一开始部长也觉得找错班了。于是就又去高一其他班打听松本茉莉香这个人。但是大家都说不认识。"

一个不存在的高一学生。真有这样的事吗？

"这之前她从摄影部逃跑也很奇怪，不是吗？她就这样消失了，简直像幽灵一样。很像之前咱们谈到的'一年级的梨香子'。"

我在高梨的带领下进入了摄影部的教室。部长三轮和小西两个人正面对桌子站着，看桌上散落的照片。和以前一样，没看到其他成员。

"我把灵异事件调查专家带来喽。"高梨一喊，两人一齐回过头。

"那个，我不是什么专家啦。"

"这是小西说的。"

"哎呀，那是开玩笑嘛。"小西干脆地说，"松本消失的时候正好柴山在场，所以他也是当事人。高梨，你把经过跟柴山说了吧？"

"当然。"

摄影部的三个人齐刷刷地看向我。

"很诡异，对吧？"小西说。

"是啊，太诡异了。"部长应和。

"真的是太奇怪了。"高梨也感叹道。

"那个……"我怯生生地举起手说，"也许她用的名字是假的。如果入部申请上她写的是假名字，那么高一即使没有松本茉莉香这个人也正常。"

但是这个推论很快被部长摇头否决了。"即使是这样也很奇怪呀。"

"那个女孩来摄影部时穿着运动衫。"小西一边将双手交叉抱在胸前一边摇头，"运动衫上可写着呢，松本茉莉香。"

原来如此。我们高中每个人都有一件运动衫，在胸前的位置绣着自己的名字。

"也许她穿了别人的运动衫呢？"我说到一半就发现了逻辑上的漏洞。因为如果松本茉莉香这个人不存在，那么就不会有这件运动衫。

我问小西："那件运动衫是胭脂色的吗？"

"是的。领带也是胭脂色的，所以她肯定是高一的学生，可就是找不到这个人，你说奇不奇怪？"

"也可能是这个人太没存在感，被大家给忘了。"

其实我在说这句话的时候，心里非常难过。

"可是，班主任也说不知道啊。"

"而且，还有一点非常奇怪。"部长举起食指，认真地看着我，"我觉得不甘心，于是昨天和前天都去了一趟高一班教室。当时他们正在上课，我是暗中观察的。我想着今年无论如何都要招到新生加入我们部。"

哇塞，这是多么惊人的执念啊。这么想让新人加入啊。

"我扒着教室的窗户往里看，把每个学生的脸都确认了一遍。虽然有选修课，大家会在不一样的教室上课，但是我这两天辛辛苦苦把所有的教室都看了一遍。松本长得挺可爱的，而且我的眼力很好，我觉得我一定会找到她的。但是……"部长的马尾辫无力地摇了摇。

"结果还是没有找到她吗？"

"对啊，所有教室都找遍了，就是没看见她。"

"也可能她没来学校。"

"当时我也是这么想的。但是咱们学校教务处前面不是有个黑板写着考勤记录吗？如果哪个班有人没来，缺席人数会记录在上面。但是昨天和今天，高一的缺席和早退人数都是零。"

"还有，"部长接着说，"刚才我和小西正在看照片。"

"这是入学时拍的照片？"

"是。入学仪式结束之后，除了专业摄影师拍的合影，我们摄影部也会给大家拍合影，这是摄影部的传统。今年是我和小西拍的。"

"照片里没有她。"小西同学接着说，"我们查看了所有照片，没有看到松本。"

突然间，屋里悄然无声。吹奏部的乐音好像从很远的地方传来，声音凄凉。

"也可能她不是咱学校的？"刚才一直沉默的高梨说。

"你这家伙的口音怎么这么奇怪。"小西皱眉看着高梨,"这是哪个地方的口音?怎么和我听过的京都音不一样。"

"高梨口音。我转校太多次了,都混了。"

原来是这样。我之前还以为他说的一定是大阪口音。

"如果她不在高一,那就不是咱校的吧。可能是邻校的。"

"不可能。"部长一边捋着马尾辫的发梢一边思索,"因为校服确实是咱们学校的,外边的人不太可能拿到。况且如果不是咱们学校的,那为什么来参加社团体验呢?"

"如果把这件事想成推理小说呢?咱们摄影部偶然间拍到了犯罪的决定性证据,她想销毁证据,所以来偷底片。"

"假设真像推理小说中的情节……可是我们也没丢什么啊。"部长耸耸肩。

"不过理论上,还是有可能是外边的人偷了校服混进来的。"

"连运动衫都偷吗?"

在网上倒是可以买到毕业生的校服,因为我们高中的制服很好看,所以也有外人想买。但是绣上名字的运动衫,可能出现在市面上吗?

"是不是从毕业生手里拿到的?"我怯生生地说,"如果是去年的毕业生,他们的领带和运动衫也是胭脂色的,和这届高一一样的穿着。"

"这也不可能。"部长摇着头,"我看到那个女生拿着学校发的手账。咱们学校的手账从你们这一届开始重新做了设计。你看。"部长从校服内侧的口袋里拿出一个深蓝色的记事本。

"啊,真的跟我的有一点儿不一样。"小西惊讶地说。

学长的手账果真比我们的颜色浅,校徽也不那么明显。我们的手账上的校徽经过压纹处理,是金色的,很明显不一样。

"松本拿的和你们的是一样的。所以我觉得不可能是毕业生。"

"外边的人确实很难把这些全部收集到。"无论怎样也找不到合理的解释,"校服、运动服、手账,全是真的……但是,人却不存在。"

"就像是……"小西低下头,"一年级的梨香子。"

屋里又安静了。高梨的手不断地摇晃着。

部长继续说:"可是,那个女生怎么看都不像幽灵,只是个普通的女孩子。对了!小西,你不是拍到了松本吗,是幽灵的话就不会被拍下来了。照片洗出来了吗?"

在大家的瞩目下,小西弯下腰,从包里拿出一张照片。

"就是这张。"

大家凑过去看小西放在桌上的照片。不约而同地发出惊叹声。

"哈?"

"哇!"

"啊……"我也不禁感叹。

这张照片是在教室拍的,是一个穿校服的女孩子的特写。但是由于当时室内的光太强,她的脸完全被白色的光线遮住了。

"曝光过度了吗?"

脸被刺眼的光线遮住,仿佛是幽灵的照片。她身上穿的确实是我们学校的制服,校徽也清晰可见。

"这个现象还挺常见的,咱们的莱卡相机太老了。"

"一年级的梨香子的传说……"小西同学的身体僵住,嘴里嘟囔着。

松本梨香子、松本茉莉香,这两个名字像咒语一样在大家的脑中回响。

"不对、不对，那个女生拿着手机呢！如果是幽灵的话，应该不会用手机的吧！"

"如果幽灵是现代人，穿着现代的衣服，拿着现代的东西，也没有什么稀奇吧？"高梨嘲笑着慌张的部长。

"难道果真是梨香子的幽灵吗？"

我看着小西喃喃自语的样子，她好像真的在考虑这种可能性。虽说这件事跟她完全没关系，但她却为了这件事悲伤难过，真是不可思议的优秀品质。

到底是为什么呢？我看着小西消沉的背影，不禁觉得好笑。

"春天过后突然消失的人？"部长摇了摇头，马尾跟着晃。

"为什么只有春天才出现呢？"小西一脸不可思议的表情，小声嘟囔着，"时间到了就要消失，那岂不是很寂寞……"

每三年现身一次、春天结束就立即消失的幽灵少女。一个脆弱而悄无声息的透明存在，随着时间的流逝而悄然逝去。小西说的这种寂寞，不知为何，我是完全可以体会的。

春天过去，大家相互熟识之后就无法浑水摸鱼，所以就主动消失了？我觉得不是这样的。如果世界上真的有幽灵这样东西，那么"一年级的梨香子"之所以在春天结束的时候从教室里消失，一定是因为活着的人们太过光彩夺目，让她感到双眼眩晕、身体灼热，再也不想待下去了。因为我们和其他人是不一样的。

"该捉鬼人出场了！"我身子一晃，发现高梨君正在拍我的肩膀。

"小西说柴山熟知各种怪谈，一定可以帮上忙，所以我才把你带过来的。小西说你会捉鬼，她从昨天就开始嘟囔说这是幽灵作怪。"

"啊?"小西叫了一声,"不是那样的!我从来没这么说过!我叫柴山过来是因为松本消失的时候他也在场。幽灵这种东西一点也不可怕,你当我是小学生啊!"

虽然小西拼命否定高梨的话,但是对于女孩子来说,害怕幽灵恐怕是很正常的事情吧。

我战战兢兢地举起手,对高梨说:"可惜我不会捉鬼啊。"他们特意把我叫过来,我却帮不上忙,真是对不住他们。

"啊……我是真的不想去废墟探险啊……"部长双手捂脸小声说。

"废墟……探险?"

"是摄影会。有个学长今天没来,他是废墟探险的狂热爱好者,想组织大家一起去。"

"学长说下个月要去的是隧道另一头的那个村子。这下糟了,还不如去拍变形金刚比较好。"部长双手抱头说。

"是啊。"小西眼镜下的两只眼睛瞪得大大的,"柴山也一起去吧。我们正找人帮忙搬行李呢。"

"那个……"这到底如何是好,我一时语塞。

光是想象一下就觉得那一定会十分尴尬。我没有任何长处,非常自卑。像我这样的人,能和大家在一起相处吗?我就像幽灵一样,是无法跟大家待在一起的。

但我还是想找到自己存在的价值,让自己有一个留下来的理由。

"在讨论我去不去之前,我想先给大家解释一下松本为什么会在楼道里消失。"我说。

"诶?"小西和高梨都惊讶地看着我,"你不是说松本和你没有擦肩而过吗?其他地方又没有她的藏身之处,她到底是怎么消失的呢？"

我点点头，手心有些出汗。"是的。首先我们去勘察一下现场吧。如果猜错了可不要怪我呀。"

我走到门口，打开了教室的门。"松本是不是进入教室之后马上出去了？当时是这样的没错吧？"

我回过头，看着小西和部长。

"没错，她当时突然说'我还是回去吧'，然后就冲出了教室，好像是往右拐了。"

"那为什么小西追出去了呢？"

部长回答说："因为我当时正在洗照片，不能动。小西跑得快，我想她一定能追上松本。"

"那小西是不是立即就追了出去呢？"

"是这样的，松本跑出去之后大约十秒，我就追了出去。"

我走出教室，对面是多媒体教室，左边是紧急出口。

"松本跑到多媒体教室或者紧急出口的可能性几乎没有，对吧？"

部长回答说："是的，当时我就坐在这儿，我看到她出门之后是向右跑的。"

"高梨，你当时反应稍迟，是怎么回事？"

"我还没有搞清楚是怎么回事。不知道那个女生是不是想加入社团。"

"原来如此。"

我出门沿着走廊向右拐。不知何时，其他三个人也跟着我出来了。

"小西你跑出来之后有没有看到松本？"

"我追出来还是迟了一些，所以并没有看到她。"

右首边是新闻部的教室。"那天新闻部没有活动,所以当时门是锁着的,对吧?"

"即使门没锁,松本也不可能跑进隔壁教室,除非她一开始就想好了。"部长点点头,说道。

我们说着,经过了资料室和物品管理室。部长说:"这两间屋子平时也是锁着门的。"

"即使松本是开锁高手,也不可能在那么短的时间内进入一间锁着的房间吧。"

到了物品管理室就走到了走廊的尽头。我们向左转继续走,来到了旧楼已经废弃的出入口。再向前直行就是电梯,而右边是几间教室,再有就是走廊了。

"小西就是在这里遇到柴山的,对吧?"

"嗯。"

向右转是出入口,出入口右首边是楼梯。当时我就是看到那个女生爬上了这段楼梯。

"小西跑到这里的时候我已经在这儿了,所以不管松本跑得有多快,她都不可能藏到这边走廊的教室里。"

"厕所那边当时有吹奏部在活动。他们说当时没有看到任何人经过。"

小西到电梯口检查的时候,我一直在这附近守着。

"那也就是说,她还是去了二楼?"

"反正我们先去二楼看看吧。我想再确认一下。"

我们一群人上了楼梯。吹奏部练习的声音一下子响了起来。楼梯平台上有五个女生,可能是在练习长号吧。

乐器我不懂,但是如果有人经过这里的话,正在练习的人肯定是会发觉的。

我问小西:"当时二楼是不是也是这样的情形?"

正在练习的女生们看到我们走过来,帮我们让开一条路,但是想要通过依旧有些困难。

小西点了点头说:"是的。我问过吹奏部的人,他们说没有女生经过。"

吹奏部的同学们没有要停止练习的意思,一直发出声响。我们不得不大声讲话。

她们一边演奏乐器一边满面狐疑地看着似乎并没有想要上楼的我们。

"这群人里有没有你当时问的那个女生?"

小西点点头,很肯定地指着正在练习的一个女生。那个女生顿时愣住了,把乐器从嘴边拿开。她戴着胭脂色的领带,看来是一年级的学生。

小西说:"就是她。"

我清了好几下嗓子,毕竟与初次见面的人攀谈不是我的长项。

"不好意思打扰了。请问你还记不记得,那天你练习时,这个女生曾过来问你有没有人经过这里?"

一年级的女生盯着小西的脸打量了一会儿,"啊"了一声,点了点头。

"是不是当时没有任何人经过这里?"

"没错。"

我看向另外一个正在练习的女生,问道:"那个女生那天有没有中途离开又回来?"

一年级女生看了一眼我指的那个女生,说:"是的,那天她中途去了一趟洗手间,那时刚回来。"

"原来如此。谢谢你啦。"我向她点点头,礼貌地道谢。我们一行人转身下楼,练习管乐的女生们则摸不着头脑地目送我们下楼。

"这究竟是怎么回事啊?"此时我们又回到了出入口附近。

"当时我不是说过我看到一个女生上了楼嘛。"

"原来如此!"小西点点头,一边用拳头捶了一下手掌,"我知道了,当时你看到的是练习中间出来上洗手间的那个吹奏部的女生!"

"是啊。"

"也就是说,跟松本没有关系喽?"

"没错。我刚才只是想确认一下。不过万一说错了也不要怪我啊。"

"但是我更想不通了。这么说来,松本到底去哪里了?"部长一脸紧张地四下打量着。

"是啊,不过也存在这样一种可能性。"我又走到大门口,"我当时从新教学楼过来的时候并没有看到女生,而是看到两个男生迎面走来。"

"难道松本在几秒钟里换了男装?"

当然不是。松本又不是鲁邦三世[①]。我摇摇头,回答道:"当时我看到的很明显是男生,但是他们拿着遮光窗帘和椅子,好像正要把这些东西运到什么地方去。我觉得他们可能是往新教学楼的方向走。"

"用得上遮光窗帘的是什么地方呢?是不是戏剧社?"

部长歪着头问:"那又能说明什么呢?"

我一时语塞,心想如果我猜错了该怎么办?我的脸憋得通

[①]鲁邦三世是日本国民级动漫《鲁邦三世》的主人公,人物设定是个智商三百的天才侠盗,擅长变装。

红，舔了舔嘴唇，接着说道："遮光窗帘和椅子，是从哪里搬出来的呢……"

小西恍然大悟道："啊！是物品管理室！"

小西睁大了眼睛，直勾勾地看着我。以前我还真是没注意到，她的眼睛如此可爱。

"如果东西一次搬不完，需要往返多次的话，那么物品管理室也可能没有锁门。这种可能性也是存在的。"

"你是说物品管理室门没锁的话，松本进了那里？"部长惊讶地说。

"是的，我想松本从教室里跑出来一定有什么原因，也许是她不想让别人知道她并非一年级学生。但是她听到教室里部长对小西说要来追她，她觉得如果不藏起来就会被抓到，所以偶然看到开着门的物品管理室就跑了进去，并且把门锁上了。"

高梨说："但是我和小西也一起去资料室和物品管理室看过，两个房间都上了锁啊。难道是反锁的？"

"我觉得可能不是。"我回到了走廊，"学校的门构造特殊，是无法反锁的。这么设计可能是为了防止学生私自占用。"我站在物品管理室门前，把手放在门把手上，"但学校一般都会给这种房间上锁，所以当时大家可能只是主观上觉得房间上了锁，并没有验证。"

我用手压了压门把手。"如果藏在物品管理室里的人利用身体顶住门把手，从外面看谁都会觉得门锁了，而不会再动手尝试。"

人在检查门是否上锁时，并不会拼尽全力。

其实门并没有锁，但门外的人误以为门是锁着的。

因为门把手被人从门内侧用非常大的力气顶住了。

"当时吹奏部正在练习,非常吵,所以我们说话的声音也很大。松本一定是听到了我们说话的声音,觉得我们要进物品管理室检查,所以用力从内侧顶住了门把手,让我们打不开门。这也是合情合理的。"

"原来如此。这种可能性确实存在。你真是太厉害了。"

"原来是这样啊。"部长好像被说服了,"这样一来就说得通了。你的脑子太好使了。"

小西眯着眼睛,很认真地检查了物品管理室的门,一边小声嘟囔着"原来不是幽灵啊"。

"你也太像推理小说里的侦探了吧!"

高梨把我比喻成只有漫画中才会出现的、可以用逻辑推理解释怪诞现象的侦探,引得部长哈哈大笑。

"要不成立个'神秘现象研究会'吧?咱们学校像这样的怪诞现象还有很多呢。可以调查一下写成报告,在文化祭上出售,没准儿可以大卖呢。"

太厉害了。脑子太好使了。好像一个侦探。被发现了此前没有展露的才能。这些全都是柴山你想出来的吗?

是的。

这些话语让我脸红起来。高梨和部长都在笑着。他们开心地对视着,嘲弄着我。虽然这是一种罪过,我却有莫名的快感。再这么说下去就转不回去了。

是的,我非常厉害,我非常聪明。我比大家想象的更有逻辑推理能力,可以像个侦探一样。所以,希望大家都可以认识到我存在的价值。

当然,这些都是谎言。这一切都是茉莉花的推理。

我能感觉到小西正在注视着我。虽然我低着头,眼睛没有看她,但是她疑问的视线让我耳垂发痒。

"但是松本为什么不是一年级学生呢?"

我真的有那么差劲、那么卑微吗?就这样把茉莉花的推理当成自己的功劳,引起大家的注意。我真是一无是处啊。

我只是不想让大家笑话我,我只是想对大家有点用处,我只是想找一个和大家在一起的理由。

"这件事我大致明白了。不过我还想再调查一下。明天再跟大家说吧。"

"哇!简直就是侦探剧里的台词啊!"

"啊?现在就讲给我们听吧。"

听到这两个人的话,我转过身。不行了。不能再待下去了。

"嗯……因为还有必须要调查清楚的事情,所以还是明天吧。"

当然,我也不知道我应该调查什么。我说的"大致明白了"也都是谎言,对这件事我其实一无所知。

我以最快的速度冲出了走廊。心脏狂跳,脉搏急促。

"柴山。"小西跟着我出来了。她微微低着头,小声地说:"对不起。"

"啊?"

"你当时提到过看到有女生爬上楼梯,我当了耳边风。我并非觉得柴山你在撒谎,只是各种情况看起来相互矛盾,十分奇怪。真是对不起。"

"没事的,别往心里去。"我跟小西道了别,跑离了走廊。小西的这番话让我感到十分愧疚,因为我一直都在说谎。

5

门一打开,我立刻屏住呼吸。

"你……你在做什么呢?"

一张雪白的面庞看向我。茉莉花躺在那里,身体像弓一样向上拱起,头从床的边缘垂下来。她的手臂向后伸展,手指几乎就要摸到地面。

她就像活在一个不可思议世界的生物,眯着眼睛,双唇微启,露出雪白的牙齿。她利用腰腹的力量敏捷地坐了起来。难道是伸展体操?她一只手拂去搭在肩膀上的长发,侧过脸对着我说:"对了,你这家伙,知不知道'柴山号'在哪儿?"

"哈?"

我反手把门带上,歪着头愣住了。

"柴山的话这里倒是有一个"——我刚想这样回答,突然想到她说的可能是之前模拟人生游戏的棋子。

"不见了吗?"

她肌肤雪白的侧脸对着我,似乎是要凸显鼻子的柔和轮廓,然后若无其事地抬起了下巴。

"倒不是丢了,只是到处都找不到。"

我凑到她的床边,卸下肩上的书包放在床上。茉莉花的卧室里摆着各式各样的奇怪东西。有穿着各色裙装的人体模型,还有缺了头和四肢的躯干雕像,还有几个模型以凄惨可怜的姿势躺倒在地,仿佛这里是战场或是刑场。再有就是如今已经很难看到的老式电视机和盒式录音机,这些有的没的东西都横躺在地板上。

"好了,帮我找一下吧。"茉莉花趴在床上,长发披散开来,手里抱着一只枕头,"你这家伙今天好像也没有在调查吃面包的女生的事情啊。找到'柴山号',我就原谅你。"

反正我也不想继续调查下去了。我跪在地上,环顾四周。那枚棋子可能是上次茉莉花打翻棋盘的时候不知道滚到哪里去了。

我跪爬向前,往床下看。地上满是灰尘。我从口袋里掏出手机,打开手电。

"今天你是不是也和摄影部的人在一起啊?"

听到这话,我心里一动。茉莉花粉红色的嘴唇湿润而妖艳,谁看了都会起鸡皮疙瘩。

我想她一定是全都看到了。我自鸣得意地大谈松本从我们眼皮子底下消失的原因,装作是自己思考的成果,其实都是茉莉花在夜幕笼罩下的这间房间里,轻描淡写地告诉我的。

我举起手机,照向床下阴暗的角落。在里面很深的地方,我终于看到了一个小东西。啊,正是柴山号。"啊!找到了!等一下……我不知道能不能够到……"

真的好深啊。我伸手去够,但是够不到。我趴低身体,胸口几乎贴在地板上。但即便如此,指尖传来的依旧只有令人不快的触感。

"今天你和那些朋友都聊了些什么?"

我抬起头，惊讶地发现她的脸竟然离我这么近。

她头发上甜甜的洗发水香气弄得我鼻子痒痒的。茉莉花正从床上探出头向下看。她的脸贴在我的头边，呼吸的气息撩得我耳朵发痒。这是她的味道。

我再一次俯下身子。虽然我不知道能不能够到那枚棋子，但还是拼命地伸手向前够了几次。

"呃……那个……接着刚才的话题，这次好像又发生了不可思议的事情。"

"哦，是吗？"我听到床上传出衣服摩擦的声音，余光看到一绺黑发垂落下来。茉莉花仰望着天花板，说："你果然是一只柴犬，总能嗅到这些怪谈。"

"我觉得这次这件事也算不上什么怪谈……"

我放弃尝试，缩回了手，看着她。她正闭着眼睛冥思，双眼像闭合的贝壳一样。

我一边望着她的脸，一边向她说起不存在的高一学生松本茉莉香的事情。

幽灵什么的是根本不存在的。所以既然学校里没有松本茉莉香这个人，那么她一定是外来的。她到底是怎么拿到校服的，又为什么要进摄影部呢？茉莉花又会用怎样的逻辑推理去解释这件看似不可能的事情呢？

"又是梨香子的事情啊？"她不满地嘟囔着。

"是呢。茉莉花你没有调查过'一年级的梨香子'这件事吗？听说这是我们学校最有名的故事……"

"只是非常无聊的传说不是吗？毕竟谁也不可能记住身边每一个人的样子。把无法轻松解释的事情扯到灵异上来，这样的事情数不胜数。"

似乎仍有眷恋而时常出现在学校的幽灵。她是怎么死的呢？如此想来，真是令人痛心。我感觉到自己的身体深处突然一紧，胸中苦闷不已，想要立刻夺门而出。

茉莉花仿佛睡着了一样。我一定要在她真的睡去之前，打听出些什么。毕竟我答应大家明天要给他们一个解释。"你怎么看？我是说松本茉莉香的事情。"

不知什么时候，我已经坐在冰冷的硬地板上，双手紧握放在膝盖上，等待茉莉花的答案。

茉莉花终于缓缓睁开了眼睛。她长长的睫毛像美丽的花儿一样绽放，漆黑的双眸望着我。"难道你还不明白吗？"

"诶？"

我不明白她究竟是什么意思。

"所有的线索都有了，只要对着解释出来就行了，这是非常简单的事情呀。"

"如果按照现有的线索解释，那就逃不开幽灵的说法。松本全身都是一年级的装束，但集体合影照里并没有她，高一各班的教室里也没见过她，所以如果是外来者的话，她是怎么得到校服的，又为什么要加入摄影部呢？这些我完全搞不清楚啊。"

她微微侧着脸，深色的眼睛看着我，那漆黑的双眸就像玩偶一样。她美丽的肌肤白得有些病态，就像居住在废弃高塔中的吸血鬼。披散在床上的长发又有一绺飘然滑落。樱色的嘴唇念着咒语，这是让怪谈归于现实的魔法。我倾听着，身体好像僵住了一样一动不动。

"那究竟是为什么……"听完她的分析，我立即喘息着问。这件事怎么这么滑稽。"为什么松本想要逃走呢？"

茉莉花扬起头，微微摇晃着起身，歪着头说："恐怕是因为高梨在场的关系吧。如果你给我讲的这些情况都准确无误的话，那么松本茉莉香的行为就是受到了高梨的影响。"

原来如此。

茉莉花所说的的确有可能。

"先别说这个了。赶紧把柴山号给我捡回来。你要让我等到什么时候啊！"

她略带愠色地眯起眼睛，而我几乎忘了棋子的事。

原来如此……原来如此……如果是这样，那么高梨……

我屈下身，又向床下探去，伸长手努力够，但还是够不到。

"棋子在你那边呢，我这边够不着。"

"你把手再伸长一点不行吗，你这家伙。"

可惜我不是《海贼王》里的角色。

"如果从那边，一下子就能够着了。不好意思啊茉莉花，你自己捡一下吧。"

床的另一侧靠墙很近。茉莉花只要伸手就能够到，比起我从这边要快得多。而如果我擅自爬上床去够，她肯定会生气的。

她满脸嫌麻烦，向下看着我。

"为什么要让我拿……"

她喘着气，动了动身子。我掸了掸沾满灰尘的校服。明天我就将这番推理告诉大家。茉莉花的设想应该就是真相，一定能说服摄影部的同学们，小西也会从睡不好觉的不安当中解脱出来。大家一定会称赞我。真是太厉害了。你是怎么知道的。你果然敏锐过人啊。如果这样的话，我是不是就有了和大家在一起的理由呢？还是相反，我已经失去了存在的价值呢？

茉莉花是怎么想的？她是怎么看的呢？

她应该不会纠结于这些事情吧。是谁想出来的。是谁分析出来的。她会觉得这些只是细枝末节吧。

而且这也不是什么罪过。我又没做什么坏事。茉莉花不让我把她的事情跟别人说，所以我也没有别的办法啊。

"拿到了吗？"

我抬头看去。

视野中是像点心一样洁白柔软的曲线。晃动的百褶裙裙摆下，是雪白的大腿。我赶紧把脸扭开了。

没有看到。但是马上就要看到了。

我下意识地移开了视线。

不过转念一想，即便看到了，也没关系的吧。

我怎么会错过这样一个绝佳的机会。

现在一定能看到。这个角度、这个姿势的话，一定可以看到些什么。苦守节操整整一年，没必要再犹豫了。其实也还好吧。

"找到了。"我应声抬起头。茉莉花正跪在床上，已经不是刚才那个撅起屁股的诱惑姿势了。

她吹掉紫色棋子上的灰尘。

"如果没有它的话，这个游戏就没法玩了。"

还没玩够啊。

茉莉花把棋子放在开襟毛衣下，衬衫胸前的口袋里。

不管柴山号多么差劲，它到底还是有用的。和它相比的话……

我站起来，掸了掸裤子上的尘土。

"那我也该回去了。"

我背上书包，走出了房间。我看到墙上的门锁还是没有使用过的样子，不由得叹了一口气。

"睡觉的时候还是要把门锁上啊。茉莉花你毕竟是女孩子。"

当然她一定有一个必须要回去的家，一定会在那里吃晚饭、洗澡、入眠。否则她真是个妖怪了。
"哎呀，如果上了锁，你就进不来了，你愿意吗？"
这句话是什么意思。
"她在说什么呢……"
我慌慌张张地下了楼，黑暗中有好几次差点摔倒。

6

结束了值日的工作,我回到教室。女生们正围在一起,大声说笑着:"太恶心了!"我的耳膜像是被什么东西刺了一下。虽然我知道她们并不是在说我,但还是不禁感到一阵胸闷。说不定还真的是在说我呢,我自暴自弃地想——大概又是男生品评会吧。

"这么邋遢、这么丑,任谁都不会有好印象的""哪怕有一项优点也好啊""得不到他人的认同啊""只是招人烦"。

说者无心,听者有意。厌恶的情感一定会让别人受伤。即便换成另外一种说法,结果也是一样的。生理性的难以接受?与他共处时总会感觉焦躁?当然,这可能并非出于恶意,但这种情感的表达会让我们这种人感觉自己的存在遭到了否定,让我们觉得自己的存在本身就是一种罪。

无地自容就像无色无味的毒,每次呼吸都觉得胸部被勒紧,肺部被酸性物质腐蚀、溃烂。

我从书包里拿出钱包,走出教室,来到走廊。

是啊,如果我有优点——哪怕只有一个——那该有多好。

我走下楼梯,透过窗户望着院子里。长椅边上,一群人围着一个熟悉的面孔。原来是高梨。

我在门口换了鞋。正往长椅方向走的时候，高梨发现了我。

他和那些我从未见过的男生相互击掌，用力之大仿佛要把手腕甩出去一样，像极了热血漫画中的人物。众人"耶"地高声喊着，接着开心地笑了。高梨从人群中走出来，向我这边跑来。

"喂，等一下。昨天你说的那件事，现在可以告诉我了吧？"

"嗯。"我不知道从何讲起，于是低下了头。高梨递过来一个东西，是面包。

"炒面面包①。这可是好不容易买到的抢手货。要不要尝尝？"

"嗯？"我抬眼看着他。正好我想去买个面包当午饭呢。"可以吗？"

"当然可以，但是要付钱哦。"

"啊，那是自然。"

我打开钱包，取钱给他。

"真的给钱啊？昨天你神秘兮兮地卖关子，你到底知道了什么啊？"

我们在自动贩卖机买了果汁，并排坐在空的长椅上。

"是这样的……高梨，你有没有和松本说过话呢？"

"啊？"高梨摇摇头，"没有啊。"

"果然如此。"我叹了口气，"这一点非常关键。如果你不告诉我，我可能没办法解释后面的事情。"

我咬着炒面面包。虽然我经常在角落里一个人吃这种面包当作午饭，但哪天的面包似乎都没有今天的美味。大概是昨天没吃饱吧。

---

① 日本常见的一种面包，像热狗一样，有炒面夹在面包里。

"所以你也没有见过松本,对吧?"

"对哇。准确地说,那女生消失那天——就是她在教室里出现又突然逃走的那天——我也不过是匆匆扫了一眼而已。我是那之前两天才到摄影部的……而松本最近一次来摄影部是那天之前的三天,所以我们刚好错开。"

"原来如此。"

我又叹了一口气,拿起面包咬了一口。无论从哪个角度说,茉莉花的推理看起来都是正确的。一想到我接下来要说的话,我就感到一阵忧郁。我觉得我接下来要说的话会得到高梨等人的认可,可以让他们了解到事情的真相。

归根结底,我们都是像空气一样的存在。

对大家来说,我们这样的人就像空气一样。存在或者不存在都没有差别。在教室里毫无存在感,轻易就会被人忘记。

这比被厌恶更加让人痛苦。

"松本的事情我已经清楚了。其实说起来也没什么。完全没什么大不了的。真的非常简单,就像表面看起来的那样……"

我低着头,叼着蔬菜果汁的吸管,看着地面。

"到底是怎么回事啊?你给我解释清楚嘛。"高梨望着我的侧脸说道。

"就是表面上看起来的那样,你必须接受。"我说着当时茉莉花对我说的话。

就好像是我自己推理的一样。就好像是我的脑子想出来的一样。因为我想和他对等地聊天。

我想让别人称赞"这家伙太厉害了"。

"松本当时穿着一年级的校服。校服是真的,运动服和领带也是胭脂色的,所以她肯定是一年级学生。我们必须要接受这个事实。"

"但是部长说他们的班主任也不知道有她这个人,并且在一年级的教室里也没见到她,就连集体照里都没有拍到。这是为什么呢?"

"这个人是真实存在的。"存在于我们的意识之外,"能上课的地方不止教室。那些合影也并非全体一年级学生都在时拍摄的。"

我把最后一口面包塞进嘴里。胃袋全部被碳水化合物占据。

"其实松本没有升班。"

为什么你会知道这些呢?

茉莉花锐利的眼神在我的脑海中闪过。

"怎么……"

高梨的话就此中断。也许是慢慢地想起了什么吧。我希望他可以想起些什么。

"合影是入学仪式之后给新生们照的,但是松本不是新生,所以不在照片里。作为留级的学生再上一次高一,松本也必须重新买领带、运动服之类胭脂色的东西。学生手账当然也要用和我们一样的样式,毕竟是入学时一起买的。松本去年时还和我们同级。"

高梨陷入了沉默。也许他是需要花一点时间消化。终于,他焦虑地开口说道:"但是为什么在教室里没有见到她呢?当时又没有学生缺勤……"

"那是因为她当时去了保健室。这是中学里很普遍的制度,尤其是像我们这样老派的学校,通常都有这种学生帮扶制度。这样就不算缺勤,因为她确实来学校上课了。"

遇到特殊的事情而不能到教室上课的学生,可以在保健室里待着。

初中时我也曾有过这种经历。当时我就是在保健室里慢慢调整适应，最终才回到教室上课的。

"那为什么老师们不知道呢？"

"因为我们当时只和高一 A 班的老师确认过。但是松本并不在 A 班，而在其他班。"

"为什么呢？难道松本提供的信息是假的？"

我点了点头。

因为已经知道了。

因为已经很痛苦地知道了。

高一的所有人都不知道这件事——他们不知道这个女生不能去教室，留了级，也不知道什么时候可以回去。她的名字写在名册上，但背后的原委，老师却无法对学生们言明。直到那个时候。

也许是松本不想让别人找到她，所以写的是和自己没有关系的班级。如果问一问她本来班级的老师，也许就真相大白了……

但是关于学生个人的隐私，基本上都是保密的。

这个秘密使得她与我们之间的距离更加遥远，并且使她蒙上了一层浓重的迷雾。

就仿佛她根本不存在一样。

"那为什么她不想让人找到她呢？为什么要说谎呢？"

难道你真的无法理解吗？

我心情沉重地解释道："松本虽然不能到教室里上课，但参加社团活动还是可以的。她去摄影部的理由很简单，只是想试试看而已。因为她想入部，想去拍照。但是她一定不想让人知道，不想引起大家特别的关注……她不想让人知道她是个留级生，还不能去教室。"

我深知，他人异样的眼光灼热得能把人烧焦。那个女生为什么会休学？这半年里她都在做些什么？只是不想来上课吧？难道是因为受人欺负？啊，我明白了，因为那个孩子性格阴暗。但是说实话，他们怎样说都无所谓。

因为不管我在不在，都不会改变什么。

"这究竟是为什么……如果是这样的话，为什么要逃走呢？为什么不来参加活动了呢？"

"是因为高梨你的缘故啊。"

我抬起头，与他目光相对。

高梨的脸上没有任何表情，好像完全不明白是怎么回事。

"一定是松本认识你。你们以前要么同班，要么曾在同一个委员会，总之或多或少有些关联。但是高梨你应该已经不记得那个到教室里来过的女生了。高梨你非常耀眼，讲话方式非常有特点，她不可能把你认错。松本看到你时肯定觉得自己暴露了，留级、撒谎这些事情都暴露了。如果再在这里待下去的话，摄影部的同学们会用奇怪的眼光看自己的，所以她必须走。"

他的表情发生了变化，这还是我平生第一次注意到人脸色的改变。他的脸红到了耳根。

"原来如此……"高梨轻声嘀咕着。

"松本茉莉香……对啊……哦哦，我想起那个女生了……"

你为什么会忘记呢？

这是理所当然的。这种像空气一样的存在，不管在与不在都是没有关系的，像这样的人没有记住的必要。像我这样生活在教室角落里的人，是不会被那些生活在阳光下的人记住的。

"松本一定是想要找一个借口。"

她想要装作自己是普通的高一学生，可以正常地融入大家。

"这个借口没有成功,所以她逃了出来。"

"为什么呢?"

高梨一脸茫然,好像不太理解,困惑地摇摇头。

"什么为什么……"我感觉自己的声音在发抖。我没想到这句话脱口而出,好像要攻击高梨似的。"就是这样的。我们就是需要这样大家看起来非常无聊的理由和借口,时常感到十分痛苦,无法融入。"

我觉得这很奇怪。我说的这些话应该由松本说出来才对——就是那个和我没有任何关系的松本茉莉香,应该是她说出来才对。我把炒面面包的包装揉成一团,闭上了不知何时已经变得火热的眼睛。谎言无法一直继续下去,松本也一样,总有一天会败露的。总有一天大家会发现她并非普通的高一学生,她也终将沐浴在大家奇怪的眼光当中。我可以想象她那天跑出摄影部教室、冲进楼道时的心情,也可以理解她躲进物品管理室,从房间内侧用很大的力量抵住门时的心情。她想保守秘密,不想让大家知道这件事;但我却为了逞英雄,把事情说穿了。

我做不到。

中学的时候,教室里的我也一直像空气一样。

就像被从大家的记忆中抹去了一样。

这些事情好像突然又浮现在我眼前。

但是小西和高梨两人愿意跟我说笑。

我什么都不会做。

只是躲在角落里,不会说有趣的事情,只是蜷缩在角落里。

我很想做个有用的人。

我不想像空气一样。

原本应该压抑住的感情从我嘴边溜了出来。

"我也是一样。我自己也非常无聊、弱小而阴暗，对于究竟能否与大家和谐相处，我十分困扰。所以我就找了这样一个借口。这个推理并不是我做出来的，昨天的那一番推理也不是我想出来的。我也不知道我为什么会在这儿。"

我的话支离破碎。

我感到羞耻，脸热得像要熔化了一样。

我和大家是不一样的。我无法理解大家，不明白他们怎么能笑对生活、大声谈笑。

同样地，大家也不理解我，不理解我为什么总是一个人待着，为什么总待在教室的角落。

为什么会为了那些事情感到痛苦和烦恼。

"这究竟是为什么？"高梨说，"如果想要一起的话，直接说不就好了。留级了又怎样？也可以做朋友啊。为什么她会这么想呢？我真是搞不明白。"

因为她做不到啊。

我们这样的人做不到这一点。

我们是丑陋的低等生物，不得不四处躲避。

我仍然低着头。

"怎么会这样……"高梨喃喃自语。

我一直低着头，但可以感觉到云在动。暖暖的阳光洒下来，地上教学楼的影子慢慢变得模糊。可以听到从院子的各个角落传来的热情的聊天声、踢球声、擦黑板的声音、室内鞋的鞋跟哒哒踩地的声音。我闻到了青草和土地的味道。我微微抬起眼，以略有些湿润的视线看着地面上自己的影子。

影子有两个，分别属于坐在长椅上的我和高梨。

"柴山，我想跟你说件事，可能你会生气。"高梨转了一下身子,"你可能不知道,我之所以用这种特殊的方言讲话,理由与你刚才说的差不多。"

之前我似乎和什么人也在这校园的长椅上、以同样的方式讲过话。我心里想着,发着呆。

"我说话本来并没有什么口音,之前转过几次学,但学校也多在关东。但这样的口音在大家眼里非常独特,可以引起大家的注意。"

刚才吃下的炒面面包在我的胃里震动了一下。

原来是这么回事啊。

但是我要问的并不是这件事啊。

这么看来,高梨还真是个优秀的人啊。

我刚刚还想指责他不理解我。

"我真是个笨蛋……真的太差劲了。我怎么会忘了松本呢。那时候我看到了她的脸,名字也与之前一样……在你告诉我这件事之前,我完全没有注意到,我真是太差劲了……"

我无言以对,只能看着高梨沮丧地低垂着头。和他一样,我也不想让人看到我的脸,只是一直盯着地面。我觉得我也是个冷酷无情、不像样的人。

高梨缓缓地说道:"松本为什么不能去教室上课呢?她是不是不会再来摄影部了?我现在可以做些什么?"

什么也做不了了。

怜悯只会让她更加困扰。同情也会伤害到她。

如果说还有什么是我们能做的,那就是在摄影部等待松本再次出现了吧。

我用了半年的时间重新适应学校生活,但即使如此,升上高中之后也无法和同学们混熟。这也是没有办法的事。

"柴山，谢谢你跟我说这些。嗯，怎么说呢……多谢啦。"

春的惜别。

就像片刻消散的幻影一般的幽灵。

谁也不能去劝阻她。但我还是感到高兴，虽然只是一点点。

你在扫除的时候跟我搭讪。

当时说起鬼怪故事的时候你也没有离我而去，而是说我好厉害，就这个话题拉着我聊个不停。我非常高兴。

所以我觉得，我能做的事情还是有的。这种心情要怎样形容呢？能让眼睛湿润的感人台词不停地浮现，让我非常难受。

其实肯定没有上锁。只是没必要用自己所有的力气拼命抵住。

高梨点点头说："是呀。"

他站起身，又问道："柴山，你知道保健室在哪儿吗？"

这我当然知道。虽然上次我没给你指摄影部教室的位置。

我站起身，与高梨一起在校园里漫步。我感到春天逝去的气味掠过我的鼻尖。

心灵神探

1

只要稍微在网上查一下就会知道，单单在过去的一个月时间里，就有十二名初高中生自杀。

去年，总共有两百名中小学生自杀，其中一百一十五人的自杀原因不明——他们什么也没说，什么也没留下，就那样终结了自己的生命。昨天还一起聊天、一起吃饭、一起说笑的那个人，突然就离开了。永远地从这个世界上消失了。直到那天之前，我都以为这种不可思议的事情绝不会发生在我身边。

至于他们自杀的原因，我们只能推测，而不论我们如何推测，都永远不可能知道真相是什么。因为能够告诉我们答案的人，已经不存在了。甚至我们都不知道究竟该不该去追求那所谓真相。他们之所以没有说，是因为不想被人知道吧。无论是谁，都有自己的秘密。而追根究底地去探询别人秘密的行为，可能反而是应该被唾弃的。我不知道。我一遍遍、一遍遍地想，却始终想不明白。想不明白啊。我所做的事究竟是对是错，还有那个我穷追不舍的答案，也将永远是一个谜。

口中呼出的气闷闷的，慢慢向着天空飘散而去。我能感觉到压在额头上的手有点发麻，头下枕着的草扎在脖子上痒痒的，这些都清楚地告诉我，我还活着。这些都是真真切切的感觉。

刚刚还觉得夕阳有些耀眼，现在太阳已经落下去很多，且被前面的高楼遮住了大半。我姑且不管麻掉的右手，用没事的左手摸索着上衣的口袋。掏出手机，看了下时间。已经过去差不多半小时了啊。可能我刚刚睡着了。差不多到约好的时间了。天气很好，微风徐徐，感觉很舒服。尽管如此，我的肉体和精神都如同死掉了一般。我的呼吸颤抖得厉害，胸口感觉像要裂开一样。

"小祐！"

突然听到有人叫我的名字，我心中一惊，总是叹气的嘴里发出一声很丢脸的惊呼，同时看向声音的方向。我看到了一张女孩子的脸。她抱膝坐在地上，歪着头看着趴在地上的我。

"你呀，又在奇怪的地方睡觉呢。小心会感冒哦。"

"没，不是，那个……"我慌忙扭动着身子，半坐起来，背对着她，用手摸了摸自己的脸颊，"因为天气太好了，所以一不小心……"

"你还在找吗？"背后传来她的声音，"你怎么说的来着……那个奇怪的拔鸽子毛男？"

她说着，咯咯地笑了起来。我知道自己的脸肯定红得厉害，因为感觉正被她当傻子看。

"小祐你真是个有趣的人呢。你经常从什么地方听来这样的故事吗？"

准确地说，寻找奇怪的拔鸽子毛男什么的人并不是我。可事实上，大家已经认定，我是一个整天追查一些奇怪事件的奇怪的人，而我也没什么可以反驳的理由。

"我拜托你的事帮我查了吗？"

"啊，那个，我不是什么灵异事件的专家啦……"

她讲话的样子是那么飒爽那么明朗，就像盛夏的太阳一样耀眼。可我呢，就像是那些滚落在潮湿地面上的小石子的影子，用孱弱的声音讲着一些丢脸的话。我回过头看她，差点儿尖叫出声，只得慌忙用麻掉的右手挡住自己那丢人的表情。

松本脸上带着笑，改变了一下坐姿。她双手抱膝，下巴抵在圆乎乎的膝盖上。她弯起来的双腿肤色雪白，线条健美，突出的髌骨使得双腿看起来格外细。平时她的裙子可不会穿得这么靠上，这可是个难得一见的景致。我犹豫着是不是该往更下面的地方看，不过最终还是把视线从她身上移开了。

"你傻笑什么呢？"

"啊！"松本的脸近在眼前。她手脚并用地爬着靠了过来，脸上带着怀疑，深深地看向我。

"没、没什么……那个，对了，你说的是关于梨香子的传闻吧？"

我说着，不知怎么已是正坐的姿势。我一变坐姿，松本也在草坪上正坐起来。她从放在身边的书包里拿出一个红色的笔记本。

"我也查了一些哦。你愿意听我说说吗？"

在校园的一角，精心修剪过的草坪上，我与一个女孩子相对正坐，这情形还真是有点不可思议。接下来，我们各自讲述了自己调查到的有关灵异事件的内容。

被大家称作"一年级的梨香子"的女孩是我们学校尽人皆知的一个灵异事件的主角。据传闻说，每隔三年，当一年级新生的领带颜色轮换到胭脂色的时候，那个已经去世的女孩子的幽灵就会混进新生之中。

"首先，据说有办法可以辨别出混在新生中的一年级的梨香子。"

"这……"我不由得出声说道，"我感觉，那个，我感觉这个说法才更像是灵异事件什么的呢。"

"是呢。灵异事件的解决办法什么的，大多数情况下都是越传越夸张呢。不过——啊，这种事小祐你肯定比我更清楚啦，你是这方面的专家嘛。"

她叫我小祐，这个称呼叫得我心里痒痒的。她平时也是这种很阳光的样子，睁着大大的半月形眼睛，用丰富的表情和肢体动作，手忙脚乱地表达自己的感情。与我正相反。

"那个，都说了我不是什么专家啦……"

"我刚说的那个方法呀，"松本根本不理我说的话，继续说道，"关键在于味道。"

"味道？"

"没错。梨香子毕竟已经去世了，所以应该会有尸臭或者是腐臭之类的味道。所以呢，她会喷香水来遮盖自己身上的味道。而她喷的香水的味道又很特别……"

"那个，特别，指的是什么？"

"谁知道呢。"松本歪了歪头，长长的头发从肩膀处一泻而下。

"口头描述一种味道还挺难的不是？所以，这个关于辨别方法的传闻说得也是不清不楚的。不过，据说那是一种闻起来很好吃的味道哦。"

"很好吃的味道……"

这个传闻还真是够模糊的。不过，要说闻起来味道很好吃的女孩子的话……不对、不对，这样的女孩子相当多啊。

"那个，可是现在的女生不是都会喷些香水吗？嗯，要靠这个来辨别，太困难了吧？"

"是的呢。"松本又歪了歪头,"但是,据说她的味道不是什么柑橘啊或者香皂之类的味道。那是一种非常与众不同的味道。"

我不由得鼻子一痒,哼了一声。从刚才开始,每当有微风吹来,吹动松本的头发,就会飘来一阵好闻的味道。

"啊,我是肥皂的味道哦。你喜欢这种味道吗?"

被她发现了。我感到双颊红得发烫,连忙解释说:"不是,那个,我就是刚刚鼻子有点痒。"松本微微一笑,抬起左手,鼻子凑近自己左肩。我盯着她抬起的左手,透过上衣的袖口可以看到她里面穿着一件奶白色的毛衣。她用中指和无名指按住袖口,伸直了手臂,这样子真的太可爱了。话说,为什么女孩子的味道都这么好闻呢?如果可以的话,我真想使劲儿闻一下,想把脸埋在她身上。

"小祐,你又傻笑什么呢?"

"我……我本来就长得是这副样子啦!"

我深深地低下头,可以听到从头顶传来松本的笑声。

"挺好的,你看起来精神不错呢。"

我不明白她话里的意思,条件反射地"啊"了一声,抬起头。她如往常一样,笑嘻嘻的,很有亲和力。

"刚才,我看你好像很没精神的样子。"

被她这么一说,我的脸又红了。刚才我到底是一副什么鬼表情啊。

"不是,那个……"我的视线落回到她的膝盖上,慢吞吞地寻找着合适的词语,"那个,其实,嗯,我平时差不多就是这个样子……嗯,尤其是我一个人待着的时候。"

"是吗?平时看你和小直还有阿千在一起的时候,感觉你都很有精神的,所以我想,你是不是遇到什么不开心的事了,有点担心呢。"

看起来很有精神？我吗？

这也难怪，因为我在教室里的样子——我本来的样子，松本她并没看到过。真实的我，每天乖乖地坐在教室的角落，缩着肩，苟且过活。而且基本上表情都很阴郁，总是唉声叹气，孤零零的一个人，没有朋友。

所以，竟然有人愿意理睬这个样子的我，真的让我非常非常开心。而且对方还是个女孩，这更让我觉得意外，何况她现在还说担心我。

呜……我要开心得哭出来了。

"怎、怎么了？"

"没……"我低着头，默默等待着自己的表情恢复平静，"那个，我眼睛里好像进了沙子……啊对，那个，梨香子的事，你继续说。"

"啊，好的。那个，后来……对了、对了，关于梨香子的死因，据说是高空坠落，也就是说，她是跳楼自杀的。不过，她到底是从哪里跳下去的，这个就不清楚了。有各种说法呢。老教学楼的楼顶啦，新教学楼的楼顶啦，还有说是学校对面那个奇怪的废墟大楼啦，说什么的都有。"

我听她讲着，揉揉眼睛，抬起头。

"那个废墟大楼啊……"

我把头转向她所说的废墟大楼的方向。但是因为我们所在的地方是学校的里侧，所以从这里看不到那栋大楼。

"我觉得，应该不会是那个大楼吧……"

那栋大楼不仅谁都可以自由地进出，甚至有怪人一直非法住在里面。如果那里出过这种事件的话，应该早就被封起来了吧。

"那个……嗯，传闻有没有说她自杀的原因呀？"

"没有，毕竟就是个传闻，没有那么详细。"

松本表情黯然，静静地摇了摇头。

"这不过都是大家编出来的，应该不会连那么具体的细节都有的吧。"

"那个……那么……"

接下来轮到我讲了吧。我正了正坐姿，断断续续地讲了起来。与女孩子四目相对地说话，而且还是这样一对一的场面，如此高难度的技术动作我可做不到，所以只得始终盯着她百褶裙中若隐若现的双膝。我经常说着说着就不知道下一句该说什么了。我说明白了吗，她会不会觉得不舒服呢，我讲的这些她喜欢听吗——越是这么想，我的嘴巴越是发干，脸颊开始发烫，也就越是不会讲话了。

"那个一年级的梨香子，她……好像，不单单是个传闻。好像真的有个女生跳楼自杀，还有人说，梨香子的传闻是不是就是以那个女生为原型的，之类的……"

我舒了口气，小心翼翼地观察她的表情。松本一脸认真地看着我。

"真的有女生自杀吗？"

"好、好像是、是的。"

我赶紧低下头。不行，我完全不能正常地讲话。要是旁边还有其他人就好了。我跟松本最近才开始熟络起来，一想到就这样把不堪的自己暴露在她的面前，我说话就更小心了，非常拘谨。我讲话讲成这副样子，她肯定会讨厌我的吧。

"不过……那个、那个说法也只是一个传闻，我没有找到什么有力的证据。虽然老师们都一口咬定我们学校没有学生自杀之类的事,但是,怎么说呢,我也说不清到底是这个传闻太久远了,还是老师们故意守口如瓶……感觉这两种可能都有。我在网上搜这个名字,也查不到什么相关的新闻报道。所以可能也和那起灵异事件一样,都是编造出来的吧……不过,我、我也想过,那个,嗯,如果是自杀事件的话,新闻里也不会报真实姓名的吧。"

"你在网上查的名字是?"

我抬起头,看到松本倾身向前,紧紧地盯着我。我被她的气势吓到了,小声地说出了那个名字。

"……松本,梨香子。"

"啊啊,原来如此。原来她也姓松本啊,怪不得。"

松本的全名叫松本茉莉香。她不仅与松本梨香子的名字很像,而且就在不久前,她身上也发生过一些事,还曾被误认成幽灵。

"那个,是、是这么回事。我是从新闻部的人那里听来的。果然,那个,三年级的学生里好像有几个可能认识那个女生的人。不过他们似乎都觉得这不过是个传闻罢了。"

"是多少年前的事呢?"

"抱歉,这个我完全不清楚。那个,从传闻的特点来看,应该不会是好多年前的事……因为,如果是多年前的事的话,故事主人公的名字还传得这么清楚,就有点奇怪了。一般灵异事件中出现的幽灵的名字都是像花子什么的,只知道名不知道姓,知道全名的很少。"

"原来如此,确实呢,真不愧是小祐。"松本用食指点着下巴,用力地点头,"故事说得越像真事,恐怖和可怕的感觉就越少,因为说得真实会消减神秘感什么的。"

"嗯,所以,那个叫松本梨香子的女生,应该是真实存在的,而且不会久远到大家都忘记了她的名字……抱歉,我没有确切的证据,也没查到更多其他的东西了。"

她来拜托我,我很开心。但是,我既没有人脉也没有什么办法,作为一个十分不擅长与人打交道的人,我没有自信能收集到更多的信息了。我深深地低下头,松本看到我这个样子,似乎有点慌乱。

"哪儿的话,都是我,硬要你帮我查,抱歉哦。像我这种基本一直待在保健室不出去的人,说话的人都很有限。真的谢谢你呢。"

虽然松本这样安慰我,可我告诉她的这些真的算不上什么有用的信息。反而她告诉我的那些,才称得上是新信息。我总是这样,达不到任何人的期待。我深深地明白一无是处的滋味,像浓咖啡一样苦,那苦味会一直残留在舌头上。

"没有,怎么说呢……真的,我什么都没帮到你,抱歉。基本上,我就是这么一个一无是处的人。"

"你在说什么呀——"

听到她吃惊的声音,我不由得肩头一缩。肯定被她嫌弃了吧。我战战兢兢地偷偷瞧了一眼她的表情,没想到松本脸上竟带着笑。那么耀眼、那么温暖、那么可爱的笑容。我全身的紧张感一下子消散,就像夏天吃的果子露慢慢在嘴里融化开来一般。

她竟向我道歉。

我一时不知说什么好,完全找不到合适的词语,不知道该说点什么。松本抬起头,冲着我有点不好意思地笑笑。这使得她称呼我的那句我一时还不大适应的"小祐"更让人心里痒痒的。我赶忙转移话题。

"不是、不是,那个——嗯,松本,你为什么对这个'一年级的梨香子'的传闻这么感兴趣呢?"

"啊,对,我还没告诉你呢。"她歪了歪头,"可能还是跟我之前被误认成幽灵的事有关吧。我会被误认成幽灵,说明我跟幽灵有点像吧,也就是说,就差一点点,我险些面临跟梨香子一样的处境了,对吧?"

她呆呆地望向天空,目光没有焦点,好像是在理清自己的情绪,一个一个地小心挑选着用词。我就盯着这样的她。

"所以,如果那个叫松本梨香子的女生真的曾经存在过的话……怎么说呢,好像她不是完全与我不相干的人。我很想知道她究竟经历了什么,嗯,所以我挺好奇的。"

松本平时与我们讲话也都会用敬语,好像是我们的后辈一样。还系着胭脂色领带的她,对已经升上二年级的我们用敬语可能是正常的。但是,这让我微微有一点不舒服。

她和我同年,本来也应该是二年级的。可是,她却没能跟我们一起升学。据说虽然她每天都来学校,可是整天都待在保健室里不出来。我不知道其中的原因。我不可以残忍地撕开她的笑容,揭穿那藏在她笑容之后的秘密。

我所能做的只是默默地祝福,希望她的秘密永远是个秘密,不要被揭开——

我清楚地知道,人无论什么时候死去都不足为奇。今天还这样说笑着的人,可能明天就从楼顶上跳了下去,也可能突然跳到电车或者卡车前面。在一个我不知道也够不着的地方——

因为冲动永远都是突然出现的。

我还知道另外一个同样抱有不能说的秘密的人。

那个人很危险,因为她不大爱惜自己的生命。

所以，我非常、非常不安，胸口像要被压碎一样。

请你不要都不跟我说一声就突然消失不见——

"对了，说个别的事，好像摄影部里也出现了奇怪的传闻——或者准确来说，是出现了灵异照片。你听说了吗？"

肯定是因为我的表情太奇怪了吧，所以松本才突然用明朗的语调转换了话题。

"灵异照片？"

"嗯，好像是他们之前去了一个很灵异的地方去拍照。"

这时，松本的口袋里传出一阵铃声。她掏出手机，看了眼屏幕。

"真的是，说曹操曹操到。是阿千的邮件。"

她拿出来的手机屏幕上这样显示着。发件人一栏写的是高梨千智，而邮件主题那里写着：

"召唤灵魂猎人·阿柴！"

2

"不！可！能！"小西大叫着。

我和松本对视了一下，随即环顾四周，还好，店里没有其他客人。我们跟小西一起从学校出来，坐电车一站地，到了这家照相馆。这家小小的店里陈列了好多古董相机、相簿，还有一些彩色胶卷之类的小摆设。因为这家店离学校很近，又很有个性，所以摄影部的人似乎常常光顾。

在柜台那边，小西手里举着一沓底片，正冲着女店员不满地嚷着。

"不可能、不可能！全部曝光？跑光？这不合理啊！到底是谁洗的照片？是谁呀？我总不能听你们说一句'您的照片全都跑光了所以一片黑'，然后我就这么接受了啊，我可接受不了！"

小西把底片拍在柜台上，还使劲儿用手拍了几下。哇，好一个可怕的投诉者呢。幸好此时店里没有其他客人。我吓得轻轻抚了抚自己的胸口，想先观望一下。我是被小西带到这里的，还完全不知道到底发生了什么。至于松本呢，她正一门心思地摆弄着店里陈列的相机。

女店员的脸上显出为难的神色。与我对一般照相馆的固有印象不同,她看起来格外年轻,像是个大学生。可能是在这里打工的吧。而且好像她跟小西认识,讲话的语气听起来很熟络。她穿着围裙式样的工作服,胸前的名牌上用平假名写着"さくらい"。①

"嗯,这个啊,小直,这些底片是我洗出来的哦。"

听樱井这样说,小西不由得吃惊地喊出声,然后无力地垂下了头。

"而且,我拿胶卷的时候只抽出了一点点,就装到了机器上,剩下的全是由机器完成的,所以,那个,怎么说呢……你可能不太好接受,但是只可能是这些底片一开始就跑光了……"

"怎么会呢……"小西哀叹着,晃晃悠悠地站起身,好像马上就要倒下一样,"我的照片……"

"不过,我也觉得有点不可思议。要是用的是勃朗宁②的话倒也罢了,135mm 的胶卷整卷跑光,一般来说确实不大可能。你肯定没有忘记盖上盖子什么的,对吧?"

"我当然不会了!"

小西抬起脸,用力地摇了摇头,齐耳的短发也随之甩动起来。

"所以,这果然是灵异照片吗?"正在把玩一台银色相机的松本突然插话进来,"不是常有人说吗,在茂密的森林里相机会开不开机,或者快门按不下去之类的。"

"怎么可能,"樱井笑着说,"照相的原理是化学反应,那些怪力乱神什么的,都是人们编出来的啦。我看过那么多照片,从来没见过什么灵异照片。"

---

① "さくらい"意为"樱井",是日本常见的姓氏。
② brownie,柯达勃朗宁盒式照相机,售价一美元。

"那个,"我胆怯地举起手,问小西,"我还不清楚发生了什么,究竟出了什么事呀?"

高梨似乎是知道内情的,但他说要去上补习班所以先走了,而来照相馆的一路上小西一直气鼓鼓的,具体是什么事情她也没细讲。

樱井听我这么问,笑着看向我。

"你好,你也是摄影部的成员吗?"

"啊,你、你好。不是,那个……"

跟她的眼神一碰上,我才发现这个叫樱井的店员长着一张十分精致的脸,鼻子挺挺的。我低下头,嘴里含糊地说着一些我自己都听不懂的话。

"啊,小祐可是灵异事件的专家哦!"感谢松本帮我做这种任谁听了都不会信的介绍。不要说啦,好丢脸。"我才是摄影部的新成员。我叫松本茉莉香,是一年级的。"

"哦哦,是这样啊,你姓松本啊。我叫樱井,啊,胸牌上写着了哈。嗯,我只是在这里打工的。"她指了指自己的胸牌,笑着说,"其实,我以前也是你们摄影部的成员哦。现在我跟小直他们也是好朋友。"

"啊,真的吗!那请学姐一定给我们多打点折啦!这对我们这些穷学生来说是生死攸关的大事呢,学姐肯定懂我们的,是吧、是吧?"

"哈哈,这个呀,只能请你们考虑把照片洗成黑白的啦。摄影部的暗房还在吧?"

"那个……"我保持着举手的姿势,再次插话。虽然感觉很不合时宜,但是如果现在不赶紧问清楚,恐怕她们的话题会越跑越远了。"那个……为什么叫我过来呀?"

"啊,我没叫你啊,"小西无精打采地说,"肯定是高梨吧,是他叫的你。"

"是这样啊……"她说得这么干脆,我还是有点扎心的,"可是,松本不是说有什么灵异照片还是什么的。那个,底片?底片怎么了?"

"都说了啦。"小西用力地挠了挠头,短发被她弄得乱糟糟的,眼镜后面的双眸透出一股不悦,与平时的她很不一样,"洗出来的照片都一片黑,这太不可思议了,不是吗?然后松本就说什么,那个地方以前是火葬场什么的。"

"我那天没去,其他人都一起去拍照了。"松本补充道,接着说了一个我们学校附近的大型购物中心的名字,"是那附近的公园,对吧?那一片重新规划后变得挺漂亮的,还盖了很多高楼、建了车站,反正弄得挺好的。但是,据说那里从前是火葬场还是墓地之类的,更早之前还是战场。战场哦!呃,怎么想都是一个被诅咒了的地方吧。就算出现一两起灵异事件也不稀奇啊!"

"啊啊,你是说那里啊。"樱井姐姐说道,"确实我也有所耳闻呢。一到我们店关门、外面开始变暗那会儿,人行道上就会出现一个女人,她没有脚,唰唰地移动着……"她刚刚还说照片的原理是基于化学反应什么的,这会儿却兴奋地讲起鬼故事来。"还有个男孩,浑身是煤灰印,衣服也是上个世纪的感觉,看起来像是迷了路,可突然之间就消失不见了……"

"那、那个,"我再次怯生生地开口,"也就是说,你在这附近的一个公园里拍了照片,可洗出来发现全都不是那么回事,是吧?"

"都说了,是全都跑光了。全都一片黑!"

小西看起来真的很生气。她把底片递到我眼前,可我也看不出这些跟普通的底片有什么区别。

"啊对了,你不是摄影部的,是吧?"樱井姐姐点了点头,简单地为我进行说明,"胶片这种东西呢,会在一瞬间将周围的景色通过光成像出来。所以,如果进光量过多的话,就会一片白。比如说,如果相机里放有胶卷,而盖子没盖上,让胶卷露出来的话就不行了。即使把胶片显影出来也是一片白,什么都照不上。"

小西一直说一片黑,可樱井姐又说一片白,我听得更乱了。

"这种情况会经常出现吗?"松本问道。

"一般不会的。除非是相机故障,会有多余的光进来,这个叫漏光,不过这只会导致照片的局部出现白。"

啊,这种照片我应该见过。之前松本就是因为这种原因被误认成幽灵的。

"这与这次的问题有什么不同吗?"

"小西的不是局部,而是胶片全白了。只有一个可能性,那就是整个胶卷都拍完之后,在把胶卷倒回开头之前,不小心打开了胶卷舱的盖子。可是,小西是不会犯这种低级错误的呀。"

我们都看向了小西。她低着头,手里拿着装底片的透明塑料袋。

"我……真的不会犯那种错误的。所以,我才怀疑是不是帮我洗照片的店员是新来的,不小心洗坏了……不对,一般来说,这也不可能的吧。但是,好不容易拍的照片,洗出来居然一片黑,我肯定不会就这么认了啊。所以才向樱井姐来确认的……可现在,该怎么解释这件事呢?我搞不懂了啦。"

小西低声絮叨着,整个人像泄了气的皮球一样。

我对摄影一无所知,而且我也不能理解为什么他们不用数码相机，而特意去用放胶片的相机这种古董设备来拍照片，我不懂这两者有什么区别。

不过，我很清楚小西拍照片时的状态。开心地讲着话、表情认真地调整着镜头，这样的她我看过很多次了。

我想，对小西来说，每一张照片都是她倾注心血创作出来的作品。

"那这样的话，"松本突然开口，"有没有可能是什么人的恶作剧呢？让全部胶片跑光的时机只有在所有胶片都用完后、胶卷拨回开头前那很短的一点时间之内，对吧？小直，你有没有在那期间把相机交给什么人？"

"这么恶劣的行为，谁会——"我觉得有点难以置信。

"就是有人会做这种事。他们会面不改色地这么干。"我的问句被松本打断了，她的表情看起来有点吓人。

"确实有可能。"樱井姐姐接着说，"不过，没有摄影知识的人恐怕做不到，而且可以这样做的时间也有限，因为一般人都会在胶卷用完之后马上倒回开头的。"

"我没倒回去……"小西喃喃地说。

"哈？"

小西呆呆地说道："我、我没倒回去。因为当时没时间了，所以就把相机直接放在社团活动室里了……"

3

让我来稍微整理一下这件事情的始末。

胶卷这个东西平时是放在圆筒暗盒里的,每拍一张照片,胶卷就会向前转出来一张。即使万一出现忘记盖上相机盖子的情况,因为暗盒是完全遮光的,所以没有使用的胶片也不会受到影响。也就是说,像这次小西的底片全部跑光的情况,只可能出现在所有胶片都使用完——从暗盒取出胶卷之前。原来如此,到目前为止我都清楚了。然后,一般来说,胶片都用完时就会把胶卷倒回开头,否则就没办法把胶卷从相机里取出来了。倒胶卷的时候需要使用相机上的一个手摇柄。这是很原始的机械构造,只要咕噜咕噜地转动这个手摇柄,连在暗盒上的轴就也会转动,像拧螺丝一样把胶卷倒回去。我也让他们给我看了一下装胶卷的地方,实际上胶卷舱里面还有一层,那里面有轴。这跟透明胶带盒的结构有点像。如果不使用相机上的这套装置的话,用手把里面的这层圆筒按逆时针方向转,也可以把胶卷倒回来,只是会多花点时间。

可是小西在拍完之后,没有马上把胶卷倒回去。

"我拍到最后一张的时候已经是午休的时间了。当时胶卷里还剩几张没用完,要是不都用完的话就不能送来冲洗……当时正巧玲奈在社团活动室,所以我就给她拍了几张。然后这时预备铃就响了,我没来得及把胶卷倒回去,把相机放在活动室就回教室去了。"

翌日,放学后,我们几个围坐在保健室的长桌旁,继续悄悄地商量这件事。成员包括小西、高梨、松本这几个平时就会聚在摄影部活动室的人。不过,松本建议大家不要在活动室里谈这件事。所以我们跟保健室的老师商量了一下,老师也很乐于见到松本有朋友来保健室看她,所以仅嘱咐了松本几句,就放心地坐回到办公桌那边了。

"上次你说的玲奈,是谁呀?"松本问道。

这个问题我也想问。

"今井玲奈,是咱们摄影部二年级的学生。"小西说道,"啊,你们还没见过吧,她不怎么来活动室呢。"

"没想到人还挺多啊,咱们这个部。"

除了在场的几个摄影部成员以外,我只见到过摄影部的部长,三轮学姐。

"嗯,算是吧。你想,拍照片这种事基本上都是一个人完成的,所以除了大家一起出去采风,一般我们聚在一起的情况并不多。"

"所以——"高梨把话题引了回来,"那天是今井先离开活动室的吧?"

"对。然后我马上也出去了。还把门锁上——"

"锁——等等!"高梨大声叫道,全然不顾我们这是在保健室里,"那钥匙呢?小西你一直拿着呢吗?"

"嗯,是我拿着的。最近都是我来开活动室的门。相机是贵重物品,而且也挺重的,所以一直都放在活动室里。"

高梨一脸欲言又止的表情看着我。我也多少明白他想说的是什么,只是不弄清事情的整个过程的话,不好妄加揣测。"那后来呢?你是什么时候把胶卷倒回去的?"我抚着自己的左手腕,向小西问道。今天上午体育课的时候,我不小心伤到了手,所以现在会时不时地活动活动手关节,确认伤势。可能是扭到了吧。正好现在我们在保健室,等一下还是顺便要个膏药贴一下吧……

"一放学我就把胶卷倒回去了哦。我来到社团活动室,用钥匙打开门……当时还一个人都没来,所以我就先把胶卷倒回去,然后换上了新的……"

"那后来呢?"高梨问道。

"后来部长和玲奈过来了。然后部长说她要去洗照片,问我们要不要一起。你们也知道的,那家店一次洗三卷以上的话可以打折。所以我觉得正好,就跟部长一起去了。活动室里就只剩下玲奈了。"

"然后呢,是去上次那家照相馆洗的照片吗?"

"对,不过需要等一个半小时才能洗好,所以那天我就直接回家了。然后前天,部长去取照片,结果……看到我拍的照片洗出来是一片黑。所以昨天我才会去那里找樱井姐确认这件事的。"

"原来如此……"

我清了清嗓子,靠在椅背上。一抬眼,看到松本正伏在桌子上认真地在笔记本上记录着,还用荧光笔标出标题,"受害胶卷的时间线"。她还真是热心啊。我盯着她的笔记,稍微咳嗽了一下,松本抬起头望着我,问道:"小祐,你感冒了吗?"

"没,我没事。"她如此亲昵地称呼我,还盯着我的脸看,让我有种像要坠入爱河的错觉。被一个女孩子如此担心地看着，简直不像是我真实的人生。我有点慌，忙背过脸去。"只是嗓子有点不舒服。"

"我想确认一下，"高梨说道，"放学之后，小西你是一直拿着活动室的钥匙吗？"

"是啊。"

小西不以为意地答道，可高梨却面露难色。接着，他猛地敲了一下桌子，肯定地说道："这样的话，那这就是一个密室胶卷谋害案咯！"

"哈？"小西惊讶地叫出声。

高梨从椅子上站起身，气势汹汹地开始讲道。

"你们好好想想。胶卷全部跑光的时间刚刚也确认了，是在胶卷用完、倒回开头之前的这段很有限的时间里，对吧？小西没有马上把胶卷倒回去，而是一直把相机放在活动室，直到放学后。这样一来，凶手犯案的时间就很充裕了。不过，在那段时间里，活动室一直是锁着的。而且，钥匙一直在小西手里。这样的话，不论怎么想都是不可能的啦。所以如果真的是像松本所说的，有人恶意对胶卷动了手脚的话，那他是如何进入活动室里将小西的相机盖打开的呢？"

"哎呀，你们太吵了！"

保健室的老师骂了我们一句。

"啊，对不起。"

高梨马上低头认错，老老实实地坐回椅子上。我们几个面面相觑，压低了声音。

"确实是有点奇怪呢。就像阿千说的，这种情况，作案是不可能的。"松本说道。

"我说,你能不能别叫我阿千啦?"

"那这样的话,果然还是灵异现象吗?"小西歪了歪头,"要是无论如何都是灵异现象的话,能拍到点什么奇怪的东西就好了。"

"我也同意高梨说的,案发现场可以说是一个密室的状态。"我一边整理着自己的思绪一边说道,"这样一来,钥匙确实是个问题……窗户呢?"

"是关着的。最基本的防盗意识我们好歹还是有的。因为相机真的是相当贵呀。"

"备用钥匙之类的呢?办公室里没有吗?"

"那个教学楼很旧,所以钥匙只有一把。"

这样一来,果然不论我们怎么想,看起来对胶卷动手脚都是不可能的。

"这是不可能犯罪啊。真没想到,居然还弄出来一个密室案。"

松本在笔记本上用红笔写下"密室"二字,然后把笔扔在一边。

"让整卷胶卷跑光,如果这真的是随意做的手脚的话,不说没有摄影知识做不到,一般人连想都想不到的吧。所以,我一直觉得是摄影部的人搞的鬼,才会提议说在保健室商量这件事的……"

"诶?什么?为什么呀?"小西似乎很是意外,眼镜后面的双眸都瞪了起来,"为什么会有人对我做这样的事呀?"

是啊,松本闭起眼睛,沉默了一会儿之后说道:"比如说,有人嫉妒小西你的才华之类的……三轮部长之前说过的吧,摄影部里技术最好的就是小直了。她还说,小西拍的照片好到让人觉得不可思议,好像天生就能拍出好照片。小西,你不是在什么摄影大赛里还得过奖的吗？"

"诶，真的吗？"小西得过奖的事我还是第一次听说。

"啊，那不过是碰巧啦。"小西有点不好意思地背过了脸，一边用手搔着雪白的脖颈处的发旋，一边说，"是我运气好而已。"

"不过，作案的时段里，犯罪现场是密室的状态。这样的话，有人动手脚什么的可能只是我想太多了，也许这次的事只是一个单纯的意外。可能只是相机故障或者灵异现象什么的原因……"

"你们还没明白呀！"

突然出声的人是高梨。

"咱们之中不是有一个专门调查灵异现象的名侦探吗！"

突然，有人拍了一下我的肩膀。

我疑惑地望向高梨。

"诶？那个……我、我从来不知道自己是那方面的专家啊……"

"是呢，之前帮我推理的不正是小祐吗。"

"对呢、对呢。柴山，之前你不是解开了松本的消失不见之谜吗！"

"啊，不是，那不是我——"

我的肩被谁抓住，用力一拉。

高梨把我拉到房间的角落里。我一头雾水，就这么被他抓着，抬起脸看着他。我们俩用其他人听不到的声音小声说着。

"那个……推理出上次那件事情的不是我，我不是已经跟你讲过了吗？"

"没事啦、没事啦，没关系的。小西和松本她们都觉得你这是在不好意思罢了。"

"啊？"

真的吗？如果真是这样，那我可得好好解释一下才行。

"你这次抓住机会扳回一局不就好啦。靠自己抓住犯人就行啊。小西的大作可是被毁了哦。你难道能袖手旁观吗？"

"嗯，话虽如此……"

"赶紧把这个事情解决了，让那几个女生看看你帅气的一面哇。这对提升形象很有帮助哦！"

"不是，可是这个事情怎么想都是不可能的呀。"

"实在不行的话，你再找上次那个什么学姐问问呗。对不？"

"嗯——"

"小西可是被欺负了哦。难道能因为搞不懂就不管了吗？我也会帮你想的，你就动动脑子嘛。"

高梨说得有道理，如果说是小西的摄影作品被人盯上了的话，那确实不能坐视不管。高梨看起来满腔正义感，对这次的事情特别愤慨。其实，我看到小西那消沉的样子，心中也很是不忍。

高梨拍了拍我的肩，我们俩回到长桌旁边。小西她们一脸狐疑地看着我们。

"你们说什么了？"

"男人之间的对话啦，不能说给你们女生听。"

"噫——"松本双手托腮，发出一个带着鄙夷的怪声，"男人之间的友情是吧。"

"那个……"我小心翼翼、有气无力地开口说道，"我会好好想想的。也许有什么方法可以解开这个密室之谜。"

"柴山，真抱歉。你不是我们摄影部的，却让你参与这种事。"

"啊……"

说起来，我是个外人呢。我跟摄影部一点关系也扯不上。有时，我会感受到别人疑问的目光，好像在说"你为什么会在这里",这让我脸上一阵阵发烫。暂时被我忘却的"无关人员"之感突如其来地再次袭上心头。

"话说,小祐你为什么没加入摄影部呀?倒是阿千加入了摄影部,实在是意外。你之前不是一直在打篮球的吗?"

"啊,我没说过吗?我的手腕做过手术。医生说不要让手腕负担过重,所以我就不打球了。"

这件事我也是头一次听说。高梨长得很健壮,看起来确实更适合运动类的社团。

"小祐,你为什么没参加呢?"

"啊,不是,那个……"

要说为什么,我也说不出来啊。我并不是对摄影特别感兴趣,不过是因为跟小西和高梨他们同班,而且他们又是为数不多的可以称得上是我朋友的人,所以有时会跟他们在一起罢了……我们也不是总在一起,要说的话,我放学之后更多的是被迫服从一些莫名其妙的命令,一个人舔舐孤独呢。所以,像现在这样跟大家一起,对我而言其实是特殊情况——

"嗯……那个,即使我想加入摄影部,我也没有相机什么的呀。"

"哈?什么呀,这算什么理由?"

小西突然出声说道。

"相机什么的,松本也没有啊。而且没有的话可以从社团里借啊。啊,对了,今天我带了一台 Holga[①],正好可以借给你。"

[①] Holga 是香港宇宙电子创始人李定武于一九八二年研发并推出的一款相机,其品牌取自广东话中"好光"的音译,原本是一款面向内地中产阶级家庭的廉价普及品。Holga 相机从机身到镜头大部分为塑料材质,因此存在漏光、眩光、色彩偏移等现象,甚至有时候会出现多重曝光。虽然存在上述诸多问题,但 Holga 相机却深受很多专业摄影师和资深玩家的青睐,被用来进行艺术摄影。二〇一五年十一月,Holga 相机正式停止生产。

小西说着,把书包咚的一声放到桌子上,可见这书包是挺沉的。她从书包里拿出一台黑色的相机,递到我面前。

"给你。"

"啊,那个……"

我下意识地接了过来。这相机意外地轻,摸起来像是塑料的,感觉有点廉价。

"啊,这可不是勃朗宁呢,真好啊。"

"是旁轴的①,很容易上手。我教你怎么放胶卷。"

接着,小西对我进行了一番指导。

如何调整焦距啦、按下快门时要如何控制心跳啦,还有胶卷的种类,等等。松本和高梨也在旁边时不时地插几句,补充些什么。

一些我从未听过的术语在这个小小的房间里乱飞,大家有说有笑,很开心。这是什么情况呀,从什么时候开始的呢?我会被高梨的浮夸逗笑,会按照小西说的摆好拍照的姿势,从取景窗里看着松本那可爱的笑脸——"吵死啦!"我们再一次被保健室的老师骂了,大家忍不住相视一笑。

真的是,这是从什么时候开始的呢?

从什么时候起,我这个一无是处的人的日常生活,竟然变成现在这样?

我手里的相机明明轻得离谱,却又让我感觉它是那么那么的大。

---

①取景光轴位于摄影镜头光轴旁边的相机。

4

我刚一进房间,就有什么东西飞了过来。

一阵风猛地从我眼旁吹过,贴着耳边过去了。

我抱着散发出阵阵香气的华夫饼,像被绑住了一样呆立在原地。妖艳的魔女从床上坐起来,双眼透着慵懒,纤纤玉手向前伸着,那是刚刚扔出什么东西的姿势。她向前伸着的指尖,带有一种撩人的诱惑。如果真的是这样的话,那么那个诱惑定是来自一个极度危险的世界。我心惊胆战地回过头。

墙上钉着一个稻草人的靶子,那上面还插着几个飞镖。

"啊!"

我呆立了几十秒,才发出点声音。茉莉花一直保持着掷出飞镖的姿势,忧郁的双眼微微眯起。然后,她歪了歪头,秀发如掉落的水珠一样哗啦啦地从她肩头滑下。

"啊——这多危险啊!"

我转过身,将插在靶子上的飞镖一一拔下。插上了,插上了,插到墙里了啦。

"要是打着我了怎么办!这不光是失明而已啊!要是插在我脖子上了,我可是会死的!"

不知道她是不是嫌我抱怨，这个傲慢的魔女把伸着的手放了下来，嫌吵似的皱了皱眉。

"哎呀，要真的伤了你的话，那真的是万分抱歉。"

"道歉有用的话还要警察干什么啊！"

这种话，小学毕业之后还没有再从我嘴里说出来过。况且，她诚心诚意道歉的样子，我根本无法想象。

"你有什么不满的吗？"

"我要是死了，就连不满也说不出了！"

茉莉花仰起下巴，像是要刻意突出她那丰满的胸部一般，身体成曲线形。尺码略大的奶油色毛衫罩在她身上，几乎与百褶裙的下摆一样长。她思考了一会儿，双眼没有焦点地望向前方，终于像是想到了什么坏点子，看向我，嘴角上扬。

"如果真的那样，作为赔罪，我就配合一下你这个血气方刚的少年的妄想。"

"啊？"

我僵在原地，目光游移。

什么啊，她说什么血气方刚的少年……那个，有好多好多种解读啊……她、她说的是哪一种啊？茉莉花把百褶裙下的双腿叠在一起，指尖顺着那洁白的腿部曲线滑过。在那光洁的肌肤上，指尖慢慢地滑过，动作像是在抚琴。那种我曾想象过无数遍的美好触感，将作为飞镖插进我眉间的代价……不对，等等。

"什么呀，我要是死了还能妄想个什么呀！"况且，飞镖并没有射中我，她口中的魅惑之词才不过是妄想。"不说这些了，你这个稻草人是怎么回事呀？"

"是我捡回来的。"她侧对着我，双手抱腿坐着，"写着'稻草人组装套盒'。里面只有做稻草人用的材料，需要自己动手做呢，我可是没少费力气。"

世界上居然会有这种东西卖，简直可怕。她从哪儿捡来的呀？难道是东急百货？

"反正正好要组装这个，我就把散落在这个房间里的一些难看的毛发也塞进去了。估计那都是你掉的。"

我猛地回过头，盯着墙上那个稻草人靶子看。

稻草人的脖子和左手腕处深深地插着一些飞镖。

原来都是因为你啊……

我赶紧把飞镖从稻草人身上拔了下来。

"话说，你抱着的那是什么？"

"还'什么'，是你爱吃的华夫饼啊。"

"哎哟，难得你还挺有心呢。"

我把拔下来的飞镖扔在地上的人形模特旁边，走到她的床边。我问她是要枫糖味的还是要苹果味的，她仰起下巴高傲地告诉我她要枫糖的。我把包着包装纸的华夫饼轻轻地递到她伸过来的手中。

茉莉花淡淡地看了一眼手中的华夫饼，用指尖捏着举过唇边，然后樱桃小口微启，向上迎着咬了一口。如此自然而又如此华丽地强调着她脖颈的曲线，从敞到胸前的衬衣领口和松开的领带下面，可以窥见她那明艳而柔软的肌肤。她不过是用一种奇怪的姿势吃了口点心，我却能感到如此奇妙的兴奋，甚至不能直视她了。我默默地拿起剩下的那个苹果味的华夫饼，正襟危坐在地板上的坐垫上。

"话说，"茉莉花开口说道，"你今天居然去保健室了啊。哪儿都看不到你的影子，让我好找。"

果然还是被她发现了。似乎就没有她用望远镜观测不到的地方。

"嗯,有点事。"

我一边吃着,一边抬起眼看向她。

"连我都不能知道的事情吗?你小子,还挺会给自己找乐子的呀。"

"没、没那回事……"

我盯着粘上砂糖的指尖看了一会儿。

这次的事,就像高梨说的,我想自己解决。我也不是因为上次撒谎的事而想为自己正名。那时我用了茉莉花的推理,是想找到一些自己存在的意义。如果我也能为大家做些什么的话,我就有了可以继续待在那里的理由。不过,我可能错了。至少高梨是这样对我说的,他说如果我想和大家在一起,直说就好了。而且松本也回归了摄影部,我也与她熟识起来。但是,我胸中总还是有种奇怪的罪恶感挥之不去。

我既不是摄影部的成员,也并不是特别喜欢摄影,真真正正的是个无关人员。我不过是因为一个人实在太过寂寞,想有谁能跟自己在一起罢了。我既讲不出什么有趣的段子,也并没有什么特殊技能。在我将心中的这股自卑抹去之前,是无法挺胸抬头地待在那样耀眼的地方的。

所以,这次的事情我要靠自己的力量解决——

"说起来,"我闻声抬起头,看到茉莉花的右手握着一个明晃晃的飞镖,飞镖的尖头正对着我,"一边吃东西一边扔的话,容易没有准头呢。"

"我说我说!我全都告诉你!请不要对准我!"

我的意志真的是不坚定得可以。

茉莉花把手里的飞镖丢到了地板上。真是的,这种杀人凶器，她到底是从哪里捡回来的……

"其实，是出了一件不可思议的事。不过，这次呢，那个，嗯，怎么说呢，我想、我想我偶尔也该自己动动脑子什么的。"

"哼哼，"茉莉花还是刚才的姿势，抬着头，咬着华夫饼。华夫饼的碎渣掉下来，落在她的下巴上。在香甜的枫糖浆的映衬下，她那粉嫩的娇唇像是闪着光。"说吧，我现在无聊得都困了。"

算、算了，讲给她听就好了吧……正好我也需要整理一下思绪，目前我还一点线索都没有……

我吞吞吐吐地讲起了高梨口中的那个"密室胶卷被害案"。

茉莉花吃着华夫饼，几乎不曾插话地听我说着。

"从胶卷的特性来看，这次的事只可能是在胶卷全部用完、倒回开头之前的这段时间里发生的。可是，在那段时间里，社团活动室完全处于密室状态，谁都不可能进去。"

"哼。"

她侧着脸，把最后一口华夫饼扔进嘴里，盯着被枫糖浆粘湿的指尖看。手会弄脏都是因为你自己胡乱抓着吃啊。何止是手指，就连手掌都弄得黏糊糊的。她一边盯着手里黏糊糊的甜香残渣，一边开口说道。

"为什么就不可能是她把相机留在活动室之前或那之后呢？"

她很少像这样问我问题。原来我们堂堂茉莉花大小姐也有不清楚的事啊。我用纸巾擦着黏湿的手指，向她解释道。

"嗯，那个……把相机留在活动室之前……嗯，假设是在她拍摄过程中，没留神把相机的盖子打开了的话，那么那时还没使用的胶卷因为还在胶卷舱里，是不会跑光的。但是这次是所有的胶卷都跑光了，所以这个假设不成立。至于小西回到活动室之后，她一回去马上就把胶卷倒回去了，所以也不可能。"

"我可不这么觉得。"

"啊？"

我抬起头，看到她扭着身子，正往床上枕头的方向看，然后又稍微转向床边的矮桌，像是在找什么东西。

"怎么了？"

"纸巾没了啦。"茉莉花高高地举着粘满枫糖浆的手指说道，"你有没有？"

"啊……"我摸了摸口袋，刚刚我用的似乎是最后一张了。我又翻了翻书包，还是没有。"抱歉，没有了。"

"你这种整夜整夜大量消耗纸巾的生物，居然没有随身带纸巾？"

"我没有大量消耗纸巾啦！"

唉呀唉呀。

她究竟是跟谁学来的这些话啊，真的太羞耻了。

"哦，那你有手帕吗？"

"抱歉，今天出来时没带手帕。"

"算了，沾满了你那脏兮兮的鼻涕跟汗水的东西，我也不想碰。"

那你别问啊！

茉莉花望着自己的手看了一会儿。

"柴犬，站起来。"

"哈？"

"Stand up！"

不是，我不需要你用英语重复一遍也听得懂啊……

我怯生生地站起身。突然，她把她那黏糊糊的手伸到了我的面前。

"舔，弄干净点。"

对不起，我不懂英语，麻烦请讲日语。

诶，不对，刚刚她说的，是日语？是日语吗？不是我听错了？

我呆呆地站着，看向她那粘着枫糖浆的手指。弄干净，用舔的？诶，这样真的好吗……茉莉花用侧脸对着我，懒洋洋地仰着下巴，幽暗的双眸无神地望向前方。我咽了咽口水。阳光从窗户照进屋里，有点逆光，我只能看到她一个模糊的身影。即使如此，那雪白的指尖，我仍看得分明。圆圆的指甲，略带一点粉色，就像汁水饱满的果实一般。舔、舔干净……舔茉莉花的，指尖。啊，不，不过是手指而已，我乐于效劳？没、没什么大不了的，这也算不上什么羞辱，没关系的不是吗？不对，可是，茉莉花的话，这肯定是个什么圈套吧……

"到时间了。"

"啊？"

她把手指放到唇边，看着我一笑，咕啾一声，带着黏性的声音，是她在用嘴吸自己的手指。她那轻易就能激起人欲望的小舌头蠕动着，舔着粘在手上的枫糖浆。

"我左边的口袋里有手帕，你给我拿出来。"

"手帕吗？"

这是什么情况……

"我用右手不方便掏左边的口袋了啦。"

我看向她毛衫的衣服口袋。不过，那里并不像装着什么东西的样子。

"是裙子哦。"

"啊……"

我头一次听说女生的短裙上居然还有口袋。

不是不是，什么呀。

"你让我来拿吗？"

那个，嗯……那个，我的手，伸进茉莉花的短裙口袋里……吗？伸进去吗？我的手？

今天真的是各种乱，我头都晕了。

"没办法啊，"茉莉花不满地瞟了我一眼，"谁叫我没有三只手呢。"

怎、怎么办……我也没做什么丢人的事，而且她也没说什么过分的话，可是脸上却热得发烫，像是要着火了一样。我呼吸困难，心跳加速，背上流下汗来。

"快点，来。"

茉莉花一边用舌头舔着自己的手指一边催促着。她高高在上地命令着，那样子看起来像一只猫。那长长的睫毛下，漆黑的瞳孔目光如炬地盯着我。

被捉弄了。肯定是被捉弄了。

如果……如果是真的，那正如我所愿……

我跪到床上，手朝她身体的方向伸过去。

我的动作迟缓得自己都觉得慢，终于，指尖靠近了她的身体。

"再往下一点。"

我紧张得喉咙发紧。

我的指尖居然触碰到了女孩子的短裙，那是多么神秘的地方。我手指的前半部轻轻地碰到了她的裙褶。怎么说呢，那感觉像是触电一般。裙子的质地比我想象的要硬。我直直地伸着手指不敢乱动，费劲地将手往下伸。

"往右一点……对，就是这里。"

她已经不再看我,自然而然地成了背对着我的姿势。昏暗的房间里,朦胧的灯光下,我只能看到她那线条优美的下颌线。

这有点儿……气氛有点儿奇怪。

"就是这儿,进去。"

口袋到底在哪里呀?

"那个……是,这里吗?"

"对,那是入口,要把手指伸进去啊。"

哦……啊,真的,居然在这个位置有个口袋啊……我终于知道,女生短裙上的口袋是藏在裙褶下面,一个无法深入的地方。

"有点紧,所以你要慢点哦……"

紧?啊,这样啊……

我能感受到自己的心跳,好像我全身都在震动着。

有种香甜的味道。不是枫糖浆,而是一种浓郁的草莓香。

我的指尖碰到了什么硬硬的东西。这是拉链什么的吧?

"再往里一点啊……"

她轻声说着,双肘撑在身后的床单上,这个姿势突显出她那羸弱的肩膀。她把头侧向一边,长发唰地从脖颈处滑落在我眼前。她那雪白的脖子散发着一种让人意乱情迷的香气。我的指尖蹭着拉链继续往里伸——

"你哦……嗯,进来了。"

那个,你不需要配合我的动作讲这些奇奇怪怪的话啦……

我正在将自己身体的一部分深深地探入这个狭窄的洞穴之中。那种被包裹住的感觉,柔软而温热的体温。我没有发现手帕。是不是还要再深一点呢……

"啊,是这……"她声音沙哑,肩膀一颤。

啊,什么?什么啊,刚刚那声音也太、太那个了吧……

"再轻一点……"

喂，你绝对是故意的吧……

不过，还好她把脸背过去了。我平时，那个，怎么说呢，就是，干什么都磨磨唧唧的，所以我不想她看着我。我又把手往里伸了伸，指尖被那真切的温热感包裹着。还要更往里吗？此时，我的手指上传来一阵沙沙的触感。啊，这是，衬布……？是衬布吗？如果这是裙子口袋的衬布的话，那么，这柔软温热的触感……在这层衬布，这层薄薄的布的另一侧……那是她，绝不可以被触碰的地方——

不，不可以不可以啦！

"够了啦！"

我把手从她的短裙中抽了出来，赶紧从床上起身，指尖上还带着她的体温，心中一片慌乱。

茉莉花抬起下巴，回过头看我。

"顺便跟你说一声，手帕什么的压根儿就没找到！"

太险了。我的自制力要是少了一丢丢，肯定就对她乱来了吧。那样的话，我的眉间就要被她当成飞镖靶子了。

"哎哟，是吗。"

她亲吻般地吸了吸自己的指尖，然后把那湿乎乎的手伸进口袋里，头一歪，说道："还真没有呢，可能是我忘记放了吧。嗯，那算了吧，反正也快干了。"

她若无其事地甩了甩手，侧着脸看着我，带着愉快的笑。唇角邪恶地上翘着，露出吸血鬼一般洁白的犬齿。那是一种恶作剧的微笑。

我觉得自己就要喘不过来气了——

果然，我是被捉弄了吧。

她清楚地知道自己的魅力所在，所以才会格外地美。而且，她肯定早就对我平时满脑子的胡思乱想了如指掌了。她都是故意的。

我实在太丢人了，耳朵一阵阵发烫。不过，我还是偷偷地瞟了她一眼。到底如何呢？她是不是已经察觉了我真正的心意？她知道吗？也许吧。她应该是知道才故意捉弄我的。我对她来说只是一个年纪比她小的一无是处的人，就像她养的一只小狗。她完全不会把我看作那方面的对象吧……

"从外面看的话，是不清楚里面的样子的呀。在把手伸进去之前，是不知道里面有没有手帕的。没办法的事，不是吗？"

啊啊，够了啦。是的是的，好吧。

我在地板上的坐垫上坐下，躲开她那女王般的目光，脸上有点发烫。

我的指尖还带着那真切而湿热的温度。

那是她的触感。

味、味道，如何呢？

哎呀，不对不对，不是这样的。不是这样的啦。对了，我还得思考"密室胶卷被害案"呢。我得思考，得好好思考……

"茉莉花，你刚刚说的那个。"

我抬起脸往床上看，她不知在什么时候已经躺了下来，背对着我。

"茉莉花……？"

"我要睡了，剩下的你自己想吧。"

她的声音听起来很困，还打着哈欠。

吃了点心就睡，你是小孩子吗。

不过……对，我得摒除杂念，好好思考。

我深呼吸了几下，平稳了心情，在矮桌旁坐好。

好好想想。

案发现场是个密室。要想进去的话，除了用小西拿着的钥匙开门之外，别无他法。

如果是这样的话，确实就像茉莉花说的，就只有在活动室锁上门成为密室之前或打开门之后才能作案。但是不论是之前还是之后，那都是不可能的。如果是锁门之前，那当时胶卷还剩下一些，而开门之后的话，小西又说她马上就把胶卷倒回去了，没有时机。嗯，还有什么其他的方法呢？茉莉花她是不是已经想到什么了？她刚刚说什么来着……对了，她说她不这么认为。难道，在锁门之前或开门之后有什么方法可以毁掉胶卷吗？

我拿出笔记本，放在矮桌上，冥思苦想。我随手画了一下社团活动室的平面图，不论是物理空间上还是我的精神上，都找不出任何出路。如果这样的话，那果然还是相机故障之类的问题吗？但樱井姐又说相机没有出故障。那么，真的是灵异现象？不对不对，幽灵什么的是不存在的。要是真的存在的话，我倒还真想见识见识。我是真的很想见见啊。因为我有一个很想很想见的人……

也许，没有摄影知识的话，确实是很难解开这个谜团的。我赶紧从书包中取出那个黑色的相机。Holga135，好像是叫这个名字。"135"是什么意思啊。型号吗？相机里已经放好了胶卷，所以不可以打开相机后盖，我把相机反过来，慢慢地摆出拍摄的姿势，慎重地看着。此时相机里的胶卷已经有几张从胶卷舱里卷出来用掉了。拍的是松本。在这个状态下打开相机盖子的话，拍了松本的那几张胶片就会跑光，而其余的胶片应该不会受影响，做不到把整卷胶卷都毁了。所以，在拍到一半的时候打开盖子这种思路是走不通的。

我举着相机，凑近取景器。那个小小的暗暗的空间里，映出了茉莉花的背影。

……

我慎重地起身，悄悄地靠近床边。茉莉花有时会毫不在意我的存在，真的就那么睡着。我瞧了瞧她的表情，眼睑像贝壳一样闭得紧紧的。

睡着了……吧……

用手机拍的话，会有声音，而相机却不会发出多大的动静。这样，偷拍她一张睡觉的照片也没关系……

我端着相机，靠近她。我按小西说过的，试着量出一只手臂的距离，想要把她那雪白的容颜框进取景窗里。

她真的是美得让人感叹啊。

我知道我不应该这样。

我也知道我这样做很差劲。

可是，我对她一点都不了解。一无所知。

虽然我一直这样跟她在一起，离得这么近。可她连自己的真实姓名都不告诉我。

至少，我想拥有一张她的照片。

怎么办。到底应不应该按下快门呢，我犹豫着。假设我拍了，那么之后呢？去照相馆洗出来……那就会被照相馆里的人看到吧？怎么办。睡觉的样子之类的，也没什么的吧。嗯，只要不拍她的大腿就好了……

我按下快门，咔嚓，轻轻地响了一声。

比我以为的，要简单。

拍到了没有呀？他们告诉我，光线太暗的话会拍不出来，嗯，算了，爱行不行吧。

不过还是希望能拍到啊。再拍三张，应该也没事吧……

又不会把这些照片用在什么不好的事上，我一遍一遍地这样鼓励着自己。

再往里一点啦。

那轻佻的声音弄得我耳朵痒痒的。

不行，她的轻声细语，像是印在我脑海里一样，挥之不去。那个触感，心跳的感觉，湿热的体温，我也知道自己是在意淫……算了，可能我这样自找苦吃正中她的下怀吧。也许我是完全中了她的套。

她那句"从外面看的话是不清楚里面的样子的"是什么意思啊？她明知道没有手帕还让我掏。

啊……

从外面看的话，是不清楚里面的样子的……？

突然，我想到了什么。

5

很准时,她到了。

午休时间的食堂一如往常的嘈杂,完全不适合进行什么秘密的谈话。不过,我也没想到什么其他更好的地点,这里反而可能会让我们彼此紧张的情绪得到一点缓解。

"真是难得呢。你这是头一次给我发邮件吧?"

她在我对面的椅子上坐下来。

"那个……"我轻咳了几声,看着她的眼睛。但是,看着她的眼睛说话什么的,果然对我来说还是难度太高了。我能感觉到自己的头一点一点地又低了下来。

"我开门见山地说了。那个,小西的胶卷,请你还给她。"

一阵沉默。

我怯生生地抬起脸,看了看她的表情。

三轮部长惊讶地瞪着眼。

"真是意外。"她深吸一口气,说道,"你是怎么知道的呀?"

她比我想得要坦白,这让我松了一口气。我不想学电视剧里那样拿着证据对犯人逼供,因为我觉得那样做太难了。她似乎对我颇为好奇,探出身来。我有点不好意思,扭扭捏捏地开始了我的推理。

"那个……是排除法。我想不出更好的法子了。高梨说,这是个'密室胶卷被害案'。确实如他所言,毁掉胶卷——让整卷胶卷全部跑光,需要在社团活动室是密室状态的时候进行。但是,那怎么想都是不可能的。这样一来,就只能是在活动室不是密室状态的时候做的。"

"高梨这个人,挺有意思呢。"三轮部长微微一笑,但是那个笑很不自然,"谋害胶卷案呀……确实,看起来是这个样子呢。"

"是的。这样的话,胶卷是什么时候被动的手脚呢?我想到了两个可能。一种可能是在活动室成为密室之前很久——我意识到,可能在更早的时候,小西的胶卷就已经被毁掉了。胶卷这种东西,如果是同一种类的话,应该长得都差不多。单从外面看,是用过的还是新的,是看不出来的。也就是说,可以把暗盒里还没有用过的新胶卷取出来,换上一个用完了的……这种事,用工具是办得到的,对吧。我去问过照相馆的人了。"

看到她点了点头,我继续说道。

"嗯……所以,我觉得小西用的胶卷是已经被毁了的。如果把新胶卷全都抻出来,让整卷都跑光,再倒回去,跟新的也看不出什么差别。要么是什么心怀不轨的人对小西的胶卷这样动了手脚,要么是有人送了她一卷这种动过手脚的胶卷。总之,我想到这种方法应该有可能。"

"啊啊,原来如此……还有这种办法呀,真的是。"

三轮部长苦笑了一下。

"是的。不过,这个推理并不正确。我跟小西确认过了,她说她用的是新买回来的胶卷,刚刚拆封后装进去的,之后也没有把相机放在过什么地方。所以,我需要调整一下思路。从外面看的话,不清楚里面的样子。按照这个思路，我还得出了另外一个结论。"

我瞧了她一眼。她已经没有在看我了。她垂着肩，视线落在桌子上。

我继续说道："高梨所说的'胶卷被害案'这个词虽然挺有意思的……但是我发现，胶卷还有可能没有被动过手脚。这次的事不是谋害案，而是诱拐案。活动室锁门之前如果不可能的话，那么剩下的可能就是在开门之后。不过，小西开门之后马上就把胶卷倒了回去，跟着你一起去了照相馆。这里，我注意到，小西是这么说的——那家照相馆，一次洗三卷以上的话可以打折，对吧。那么，当时去柜台付钱的人是谁呢？如果想打折的话，应该是一起结的账。所以，如果当时是三轮部长你去付的钱的话，那么那个时候就是唯一胶卷离开小西的时刻。"

我感觉喉咙有点累了。我是一口气说下来的，似乎都不幸被我言中了。三轮部长微微地点了点头。

"关于这一点，我也跟照相馆的人确认过了，当时付钱的正是你。这样的话，就可以断定，你是在付钱的时候动了手脚。但是如果你当着照相馆店员的面，把装胶卷的暗盒盖子打开，从里面取出胶卷，让整卷胶卷都跑光之后再倒回去，这一连串的动作不可能一下子完成。所以，你是用事先准备好的已经全部跑光了的胶卷把小西的胶卷替换掉了——如果你知道小西平时用什么胶卷的话，这就不难办到。然后你把调了包的胶卷拿到柜台，洗了出来——"

三轮部长一再点头，然后慢慢地抬起脸，脸上依然是不自然的笑。

"原来如此。诱拐呀……确实，是这样呢。嗯，这样说比较准确。那么，我为什么要这样做，你肯定也知道了吧？"

"那倒没有，"我静静地摇了摇头，"我只是稍微猜了猜……"

"你说说看。说不定，你猜对了呢。"

这种心情该怎么描述好呢。

我沉默了一会儿，试着措辞。

每个人都有秘密。都有想藏起来的事，也都有被别人隐瞒的事。而既然有秘密的存在，就会有挖出秘密的人——我知道这是像掘人坟墓一样不可为的事，却控制不住地想去揭开——我想知道，好想知道，不能自已。

我并没有想责备三轮部长什么。况且，她所做的和我所做的，究竟有多大差别呢？有什么不同呢？如果她应该被责备的话，那我也是该被责备的。

我想知道我姐姐的事。

还有，想在失去她之前，知道茉莉花的事。

可是，她们俩什么都不告诉我。

不告诉我。

那么，就只有我去挖掘了——

"因为你好奇吧。关于小西——准确来说，是好奇小西的摄影技术——我听松本说过了，小西有着能在摄影大赛中得奖的水平。她还说，你曾说小西的照片拍得好得不可思议。我对摄影一窍不通，所以完全无法想象。不过，会创作的人确实不可思议。如果旁边有人在作画的话，我很想看看整个作品创作出来的过程。小说家也是，我也很好奇他们尚未发表的手稿或者写了一半的文章是什么样子的。可能，摄影也是一样的吧。"

"是啊。"三轮部长点了点头。接着，她的表情像是咬着什么苦涩的东西一样，讷讷地说道："没有人愿意把失败的作品、没拍好的作品公开出来。特别是小西，她肯拿给我们看的都是印好的成品，底片什么的是绝对不会给我们看的。即使我求她，她也会以不好意思为由拒绝我。那家伙，拍的照片真的很棒。所以，嗯，也有嫉妒的成分吧，我只是好奇她究竟是怎么拍出来的。我想知道她的出片率。用胶片拍摄，拍坏了是很正常的。拍了一整卷胶卷，能出一张不错的照片就算走运呢。所以，我想知道，想知道小西也是会拍坏很多的，想知道这个来让自己安心。我想知道她是失败了很多很多次之后才碰上了狗屎运，拍出了几张出色的照片。我觉得如果我知道是这样，就能安心一点。"

"那事实如何呢？"我问道。

窥见了别人藏起来的秘密，她心满意足了吗——

可是，三轮部长静静地摇了摇头。

"没有啊。说什么安心啊。我对自己做的事后悔得胃痛，这不过是让我更难受了。"

她把手伸进口袋，从里面掏出了什么东西，放到了桌子上。

是一个灰色的装着胶卷的盒子。

"我本来想在别处洗出来的，不过最终也没洗成。看到你发的邮件时我就知道了，你是名侦探嘛。你把这个还给小直吧。"

我拿起放在桌上的那个胶卷盒。半透明的盒子里放着贴有黄色标签的胶卷。

这是小西的作品。

我又把它放回桌上。

"那个……我一直很感谢你对我的照顾。你允许我这个无关人员待在社团活动室，而且，怎么说呢，嗯，谢谢你。还有，那个……小西，是我很重要的朋友，所以……嗯，那个，这个，还是请你自己还给她吧。"

我这一番词不达意的话，好像让她十分意外。她眼睛瞪得大大的，盯着我看。

"可是……"

"那个,我是有一点生气的。不是,嗯,其实是非常非常生气的。因为小西是我的朋友,她真的非常伤心……可是,即便如此,我也没有立场生你的气。所以,怎么说呢……我不希望看到你们俩因为这个事把关系闹僵……请你自己好好地还给她,向她道歉。我想她肯定会原谅你的。"

我把手从胶卷盒上松开。

三轮部长困惑地看了一会儿那个灰色的小圆筒。她的手放开桌边,慢慢地向胶卷盒伸过来。

我默默地,看着。

"柴山。"她叫我,我抬起脸。三轮部长微微笑着,眼中含着泪。"谢谢你。真的,谢谢你。"

她的话与之前松本的笑脸重叠在了一起。我仿佛又听到了一起坐在长椅上时,高梨轻声说的那句谢谢。

为什么呢?为什么大家会对我这样的人说谢谢呢?

我真的不习惯被别人这样道谢。

所以,我说了句你们要好好地和好啊,就站起了身。我匆忙逃离的时候,稍微想了一下。只是稍微想了一下。是的,也许,即使像我这样的人,也能有对谁有帮助的时候。要是这样就好了。真的是这样就好了啊——我像是要逃离自己纷乱的心绪一般,逃出了食堂。

话说,我第一次尝试用胶卷拍的照片拍坏了。不知道为什么,跟那个胶卷被害案中的胶卷一样,跑光了,一片黑。松本还说你这也是灵异现象呢……

究竟是为什么呢?

看不见的坠落

1

有时,我会产生这样的想法。其实,别人是看不见我的,就像从窗户照进来的阳光也会避开我,洒到地上一样。我走在学校的楼道里,周围回响着脚步声,但从来不会有人跟我说话。放学后的校园虽然喧闹得像是装满玩具的箱子,但只有我,像是个坏掉了的娃娃,发条停止了转动。

"喂,有希①也来试试嘛。你看,很好玩的哦!"

跟姐姐一起去买东西的时候,我们看到了一个玩具猫。有人拍手,它就会摇动着尾巴,发出可爱的叫声。姐姐似乎特别喜欢这个玩具,玩了好一会儿。我虽然不懂它有趣在何处,但还是在姐姐的怂恿下,学着做了几下拍手的动作。反正旁边就有一个不同颜色的同款玩具。

但是,我面前的这个白色的玩具猫纹丝不动。

"是不是要再拍用力一点呀?"

听姐姐这么说,我用力地拍手。但是,小猫仍旧不动。

"是不是电池没电了呀?"

---

① 祐希的姐姐习惯叫他"有希",详情可见《废墟中的少女侦探》。

换了电池,是不是就会动了呢。

我执拗地继续拍了一阵子手,可不管我试多少次,那小猫压根儿就没有动的意思。姐姐笑着说:"有希,差不多了,咱们走吧。"

我从教学楼出来,为了躲太阳,拐进了教学楼的背阴里。我漫无目的地走着,靠近了教学楼的外部楼梯。我听到男生们的大笑声,不禁回头去看。大家为什么能有源源不断的话题,为什么能那样大声地说笑呢?我也想变成一个多话的人啊。如果能成为一个谈吐风趣、举止大方的人,被别人叫住时眼神不会闪躲,那该多好。

我挪着步子,慢悠悠地走上楼梯。阵阵微风时不时地拂过,吹乱我的刘海。到了楼顶,视野一下子变得开阔,与此同时,一个奇异的景象映入了我的眼帘。

是女孩子的,肤色雪白的腿。

她站在楼顶的护栏上,维持着危险的平衡。她被风吹拂着,好像眼看就会掉下去一样。微风轻轻掠过她的长发。我看着她的身体有些微的晃动,条件反射似的口中念出了这个名字:

"茉莉花——"

不,不对。不是她。她不可能出现在这种地方的。

好似从天而降落在护栏上的女孩,似乎也注意到了我的存在。她回过头,朝我看过来。那是一张让人感觉不真实的、病恹恹的、苍白的脸。她望着我,一脸不解。然后,她弯下身子,手撑在护栏上。微长的裙摆垂下来,扫在护栏上。我心惊胆战地看着这个像是就要掉下去女孩,紧张地屏住了呼吸。

女孩动作娴熟地从护栏上跳了下来,看向我,面无表情地说道:"柴山,你来这儿做什么?"

"诶？"

我一愣，回望着她。但马上反应过来，这并没有什么值得奇怪的。那是我认识的面孔。我的同班同学，名字好像是——

"村木翔子，"她说道，"说起来，咱们还从来没说过话呢。你，是来找幽灵的吗？"

她真是个能轻松与人交谈的孩子啊。

我身上缺乏这样与人交谈的能力，所以觉得很羡慕。

"村木，你——"

为什么会待在这种地方？这样的问题可能太唐突了。

"啊啊，我呀，"村木却仍是一脸平静，她瞥了一眼护栏，用手把被风吹落到胸前的头发捋顺，"我是在感受风啊。"

当然，这样的解释无法让我释怀。可即便如此我也不好再多问什么，只得默默地点点头。

"柴山，你知道吗？那个传闻，松本梨香子就是从这里跳下去的传闻。"

"那个……传闻中的'一年级的梨香子'。那个，传闻中的跳楼地点，据说就是这里。"

村木望向铺满云彩的天空，过了一会儿，像是突然想到什么似的看向我，笑着说道："小心不要被松本梨香子的幽灵附体哦。"

"诶？"

这是什么意思。

村木下楼离开了，留给我一个纤长的背影。

一时间，我愣在原地。村木翔子。我没想到她竟是个这样怪的人。

我狐疑着，走向她刚刚站过的护栏。用手扶在护栏上向下望，地面看起来比我以为的还要遥远。饮水处附近有些植物，还能看到几个黑发女孩子，像小黑点一样，并排站在那里。从这儿掉下去的话，会必死无疑吧。传言如果是真的，那松本梨香子就是从这里坠落的。

像被远在下面的地面吸了过去一样。这里可能是最适合跳楼自杀的地点了。村木为什么要站在这里呢？还说什么，感受风？

那是很蹩脚的谎言。我扶着墙，将身子探出去。从这里掉下去，就可以解脱了。再也不用顾及任何事。痛苦也好悲伤也好，统统都会消失。不再需要思考任何事情。

要不，试着跳下去吧。

我慢慢地探出身子。从这个位置可以很容易地掉下去。鞋子就不必脱了吧。

就在此时，我身体的一部分感受到了断断续续的刺激。是手机在震动。这让马上就要爬上护栏的我又回到了地面。我从口袋中掏出手机，竟然是茉莉花打来的。

"喂。"

"你这个家伙，在那种地方做什么呢！"

像是责难，语调古怪而冷淡。

"啊，我做什么？"

她问我在做什么。我只是想爬到护栏上，然后——

我感觉体内的脏器像冻住了似的。我究竟在做什么？试着跳楼什么的，我是笨蛋吗？从这样的地方掉下去的话，难道不是会当场毙命吗？

"没，那个，怎么说呢……"我有点慌张，紧握着手机，眼睛四处寻找。我可以看到那个楼。她正在看着我这边吧。"感、感受风，什么的吧……"

"哦呀，这样啊。我都不知道你还有这么高雅的爱好呢。"

"真、真的。你看，那、那边有个什么鸟的巢，我就觉得很稀奇啊，就想看看。"

这样蒙混得过去吗？我把脸贴在手机上，用手指向教学楼侧面的一个鸟巢。

我听到电话那头传来一声夹杂在杂音中的轻轻的叹息。那个废旧大楼可能是信号不好，总是有杂音。

"算了，不过在你跳楼摔死之前，我有个事情要你办。"

"什、什么呀？"

"来我这边。"

电话挂断了。

我胆战心惊地看了看下面的地面。电话挂断之后的忙音还在耳边响着。我重复着深呼吸，有点喘不上气。手心里都是冷汗。怎么回事呢。这里空气不大好。我既不会通灵，也不相信存在幽灵什么的。

这是个让人感觉很不好的地方。

小心不要被松本梨香子的幽灵附体哦——

我把手机放回口袋，下楼去了。

2

"听说老教学楼里有个会发出奇怪惨叫的杀人储物柜哦。"

我刚一进屋,她就说出了这么一句话。又是灵异事件啊,我心里暗暗想,但并没说出口,先观察了一下她的情况。她趴在床上,高高地仰着下巴,像是刻意强调胸部美好的曲线一样,慵懒地抬着身子。随着她身体的晃动,几缕青丝沿着床边垂下来。长长的,十分有光泽的头发。最近她似乎迷上了珍宝珠棒棒糖,她粉嫩的嘴里露出一截棒棒糖的白色塑料棒。

这里就是这个美丽动人的吸血鬼的根据地,位于学校对面的一幢废弃大楼里。

她每天从这里用望远镜观察对面的学校。她是个像妖怪一样的人,或者说,她是魔女,也可能是亡灵。可以确定的是,这绝不是普通的高中生该过的生活。

茉莉花心情愉快地眯着眼,说道:"据说,要是在那个储物柜里待一个小时的话,就会被涌出来的灼热融化掉哦。"

"还真不知道为什么有人会在那里面待上一个小时呢。"

我不由得咕哝了一句。

茉莉花跟什么都没听到一样,继续说道:"老教学楼里可以装得下人的储物柜的数量，根据我的调查，大约有三十个呢。"

"你该不会是要让我挨个在里面待一个小时看看吧？"

她好像有点意外，睁大了眼睛。

"哎呀，没想到你也有这么聪明的时候呢。"

"不要开玩笑了！真要那么做的话，那不是要花三十个小时么！"

我才没那么闲。不，虽然我很闲，但我的人生还不至于悲惨到放学后要在储物柜里待上一个小时的地步。

她不解地歪了下头，宛如亡灵，长发一泻如瀑。她把头发挽到肩后，理所当然地说道："你不需要那么担心的啊。有三十分之一的概率可以一个小时就完成调查呀。"

等等！万一，真的有那什么会杀人的储物柜，而且我还幸运地在最开始的一个小时就选中了它的话——那我岂不是会死吗？岂不是会被融掉吗？岂不是要尖声惨叫吗？

"你别乱讲了。没有要在储物柜里待一个小时的闲人啦。"

"哦呀，对你这种除了被锁在储物柜里毫无价值的人来说，这个工作不是正好嘛。"

她转着嘴里的珍宝珠棒棒糖，盯着我。

虽然这是很伤人的话，但也是事实，让我无从反驳。要是我说"我愿意为您跑腿打杂"，这样的话也一样有点可悲。

"还是说，你连这点儿耐力都没有？"

"那你就可以做得到吗？"

我若无其事地低声怼了一句。茉莉花微一皱眉，脸上显出不快。

"呵呵，别小看我哦。"

她从嗓子里挤出这么一句，把棒棒糖从湿润的唇间抽了出来。球形糖块被她含得略有残缺。

"那咱们比一下吧。谁先出声,就是谁还需要锻炼锻炼耐力,就得去调查惨叫杀人储物柜。"

这都什么跟什么呀。我那一句不经意的话,似乎点燃了茉莉花的好胜心。她像体操选手一样敏捷地坐起,踩上乱丢在地上的平底鞋,站了起来。

"你过来。"

她招呼了我一声,就走出了房间。我赶紧跟了上去。

茉莉花打开了隔壁房间的门。这个房间平时不用,从走廊照进来的光模模糊糊地映出屋内的样子。她走到屋子里面,回头看着我,双眸灼灼,闪着魔术般的奇异光彩。她那样子,就像是玩味着猎物鲜血的吸血鬼。

她在一个看起来很有年头的衣柜前站定,打开衣柜的双开门,像是躺进棺材一样,转身钻进了柜子里的一片黑暗之中。

她只把半边的门关上,那张苍白的脸从门后对着我。我不由得倒吸了口气。她还真像深夜出没的吸血鬼。我本能地感到害怕,身子发抖。

"进来。"茉莉花说道,"谁先从这里逃出去就算输。怎么,你害怕?"

这是要在衣柜里比耐力……和茉莉花,一起?在那么狭小的空间?这,真的好吗?我咽了下口水,靠近衣柜。我按她说的,钻进了衣柜里的那一片黑暗。衣柜那旧木头的气味刺入了我的鼻腔。

这衣柜没有多大,两个人在里面很挤。茉莉花的脸就在我眼前。她正用那湿润发光的双眸盯着我。

喂,这、这,脸,有点近啊……

衣柜门发出刺耳的吱呀声,像是来自地狱的召唤。黑暗渐渐覆盖在她的脸上。

接着,一片漆黑。

什么都看不见了。我把身子尽量靠后,像是要从仅隔几厘米的她身旁逃开似的。是的,只有几厘米。接触不到彼此温热的身体。但是,黑暗可以催生想象力。我不需要仔细听,就能感受到她的呼吸。茉莉花一直沉默着。我能闻到一股浓郁的草莓香。我虽然并没有摸到,但是有种能感受到她体温的错觉。想象,就此展开。

"那个,茉莉花……"

我不能呼吸了。我尽量往衣柜的角落里躲,背都有点疼了。感觉好像只要我一动,就会触碰到眼前这个柔软的身子。虽然看不见,也触不到,却清清楚楚地感受到女孩子柔和的触感。果实般的嘴唇。丰满的双峰。雪白平滑的腿。我想象着,想要抱紧她的念头仿佛就要从我的双臂中涌出来。

她肯定早就听到我咚咚的心跳声了吧。

她的呼吸,穿过我们之间狭小的空隙,吹在我的脸颊上,甜甜的。沁人心脾的香气,包裹着我的全身。

好想摸一下。好想把她抱在怀里。好想倾身上前,感受她的存在。她头发的触感,平滑的肌肤,她的全部,我都想握在手里。

但是,那是不可以的。

"茉莉花,你怎么不说话?"

我实在忍不住,开口问道。

"哦呀,"她说,"为什么我要说话,我们这可是在比赛。"

不可以。一直这么安静的话,我要忍不住了。最最邪恶的念头不断涌上来。我输定了。不论是输给自己的邪念，还是能坚持绅士精神，都是我输。形势太不利了。这种比赛，从一开始就注定了是我输。

不行了。

我的精神开始恍惚了。

啊啊，好想就这样把脸埋进眼前这一片柔软之中啊……

3

虽说是星期日，可店里没什么客人。可能街上的照相馆都是这个样子吧。这年头，肯定很少有人会特意到照相馆洗相片了。

眼前的橱窗里，陈列着很多厚重古朴的照相机，大大的镜头闪着糖人儿似的光，好像是另一个世界在向我发出邀请。

另一个世界。

"尼康的FM2。你喜欢这个？是个不错的相机哦。"

我一回头，看到樱井姐从柜台后面走出来。

"这是发烧友相机，不大好操控。快门是机械的，不需要担心电池没电的安心感真是让人欲罢不能啊。一般都觉得这种发烧友用的相机不适合初学者，但其实这才是理解摄影最好的工具。"

接下来，樱井姐继续讲解了快门速度什么的。可我这个外行，并不理解她口中相机的魅力，也没有用这台相机的资格吧。

我一言不发，这让樱井姐有点不知所措，就停下了讲解。

"嗯，确实这个一上来会有点难啦。你可以先用小西的，从自己能做到的做起，一点一点学就好啦。"

她说着，把已经洗好的底片递给了我。

"这次的都照上了哟。"

"虽然松本说那是灵异现象,但其实我觉得只是我不小心照坏了。"

上次拜托樱井姐洗的照片没洗出来。

"说起来,"我一边把底片和装着照片光盘的袋子收进包里,一边问樱井姐,"你是我们高中的毕业生,是吧?"

"啊,这个啊,"她沉吟了一下,显得有点犹豫,"确切来说,不是。我在高三的时候转学了,所以严格来说算不上是毕业生。"

"这样啊……"我抿了抿嘴,尽量连贯地说着,"那、那个,那样的话,我想问你个事,'一年级的梨香子'的传闻,你也听过吗?"

我抬起头,看了看她的表情。

樱井姐像是吃了一惊,眼睛睁得大大的。

"那个传闻还在继续啊!"她忽闪着大眼睛,在围裙上搓了搓手,"哇,真是吓我一跳。"

"这传闻早就有了?"

"可能在我入学之前就有了吧。说实话,我还挺困扰的。"

"困扰?"

"梨香子这个名字,意外地很常见呢。一年级的时候,很多人都因为这个传闻被捉弄过。在下不才,名字也叫梨香子呢。"

"啊,原来是这样。"

"对啊,大家会开玩笑说,梨香子你难道是幽灵不成什么的。但是,总是被这么捉弄也是很烦的。"

那确实。

"那么,那个……关于那个'一年级的梨香子'去世的原因,你听过什么传闻吗?有一个说法好像是,跳楼自杀。"

"嗯,这个我就不太清楚了。不过,还有个更有意思的事。

那可是真的能跟灵异照片联系起来。"

"灵异照片？"

"你不知道吗？大家都说因为'一年级的梨香子'是幽灵，所以照片是拍不到的。可是，混在一年级学生中的梨香子自己并不知道，所以如果拍到她，就会像之前你拍的那样，底片会感光。"

这个事我是头一次听说。原来如此，作为幽灵的梨香子并不容易被认出，所以大家当是普通朋友跟她一起拍照也并不奇怪。某种意义上来说，这个传闻还挺像模像样的。

"那就是说，之前我拍的照片，可能是偶然地拍到了'一年级的梨香子'呀。"

当然，我只是开个玩笑。我并不相信有幽灵什么的。再说了，她要是被数码相机拍到又会怎么样呢？

樱井姐笑了。

"据说，偶尔梨香子心血来潮，会有一些照片能拍到她的身影呢。我虽然没见过，但是摄影部似乎保存着拍到了梨香子身影的照片……这传闻还真挺像那么回事儿呢，还有人说，快要死的人就能看到梨香子什么的。"

"哇……"

我从来没听摄影部的人说过这样的事。如果说这是个由来已久的传闻的话，随着摄影部一届一届学生更替，失传了也是有可能的。

这时，店门开了，我跟着樱井姐看向门口。虽说是周日，可门口出现了一个我们都熟知的穿着校服的身影。那清风般轻盈的身姿、男孩子气的短发，让人想认错都难。

"哦呀，小西，你来啦。"

"樱井姐！呀，这不是柴山吗。你怎么会在这儿？"

她红色眼镜框后面的一双大眸子里闪着不解。来的人是小西。

糟糕，我的计划被打乱了。怎么在这儿碰上小西了呢。

"小、小西。你呢？今天是周日啊。"

"我正要去拍照呢。胶卷不够了所以过来买点。啊，柴山你要不要一起去？被拍的模特超级可爱哦！很难得的机会哦！"

这让我如何回答才好呀。我正说不出话时，小西又接着说："今天，榎本老师把他的女儿带到学校来了呢。真的是超级可爱的。她头发干干爽爽的，可漂亮了，皮肤白白的，特别有光泽，真的就像专业模特一样。这么好的模特岂能错过，所以今天大家都会来拍照呢。她穿校服超好看的。"

小西跟我说话的时候，基本上都是这种感觉。她总有说不尽的话题，跟不知道说什么好、简直要窒息、所以只好沉默的我截然相反。我总在心里想，她不会感觉她像是在跟假人说话吗，越想越觉得很不自在。

"哇，真好真好，好有意思哦，我也想去！"说这话的，自然是樱井姐。

我并不知道榎本老师是谁。那个好像专业模特一样的超可爱的女孩，我也难以想象。如果是老师的孩子的话，可能是其他学校的学生吧。说起来，小西之前说过最喜欢拍女孩子了。

"柴山也一起来吧。反正你也闲着不是吗？拍人像可是很讲究的哦。"

那好，咱们一起去吧！

要是我能这样轻轻松松地融入大家就好啦。

"那个，嗯，那个，我……"

这种满是笑声的欢乐空间，对我这样的人来说太过耀眼，在这里待着只会让我觉得难受。

"那个,我还有事,去不了,不好意思。"

"哦……"小西疑惑地说,"是学校有事吗?"

"嗯,差不多,算是吧。"我挥手跟她们道别,向门口走去,"我差不多该走了,先告辞,再见。"

我径直走出店外,骑上停在门口的自行车离开了。

今天下午好像会变天。

风已经有点凉了,像刀子一样划过我的脸。

4

　　我屏住呼吸，不敢出声。有人过来了。

　　在这静谧之中，连因不安而加速的心跳声也会随着空气传播出去吧。我听到一点声响，应该是女孩子的声音。可能是两个人。我本以为她们会就么走过去，可声音的主人好像在教室门前站住了。我屏住气，关掉手里的掌上游戏机。

　　紧接着，门被打开了。好几个人的脚步声。星期日。寂静的老教学楼的教室里。我把脸贴在满是灰尘味儿的柜门上，通过微微敞开的细缝观察外面的样子。灯没有开。我的视野极其有限，只能看到一个女孩脑后的头发。直垂到肩下的，长长的黑发。进来的女孩们在教室门口的清洁用具储藏柜前站住了。虽然我看不清另一个女孩的样子，但是能模模糊糊地听到一点她们说话的声音。她们俩好像是特意小声讲话，我听得到她们的声音，但听不清讲话的内容。我紧握着汗湿的手，连清清嗓子都不敢，只能一动不动地祈祷她们快些离开。这是怎么回事啊。为什么，这样的时间，在这样的地方。她们像是在躲避什么人一样。

　　女孩子回过了头。我可以看到她的侧脸。另外那个女孩好像站在教室的里侧，我眼前的这个女孩正看向她的方向。这个女孩长得似乎跟谁有点像。我呼吸发颤，小心翼翼地动了一下身子，把眼睛靠在通气孔上。长长的黑发，苍白的脸。这是村木翔子。

村木正对着教室里面的女孩说着什么。她们果然是特意小声的。我完全听不清内容。村木向教室里侧走了过去。透过通气孔我无法看到更多。

怎么办呀。这下糟了。

我只要稍微一出声就没命了。

我的心情就像电影什么的里演的，被杀人狂追赶而躲起来的主人公一样。我完全潜伏在黑暗之中，仅有一道光照在我的脸上。几乎不会有人从通气孔往储物柜里面看的吧。只要我一出声就会坏事。我无处可逃。一边听着村木她们轻微的话语声，一边衷心地祈盼她们快点离开教室。

明明精心挑了个人少的周日，居然还遇到这种事。

茉莉花的命令是向来不容违抗的。

"你输了，这是当然的啦。"

她是真心要让我把全校近三十个储物柜调查一遍。

"你调查的时候，记得要把教室的窗帘打开。我必须看着你，看你有没有逃跑。还有，如果有什么事发生，必须发信息跟我联系。"

开什么国际玩笑啊。在储物柜里待上一个小时，还要把这个事情重复三十遍，简直傻到不能再傻了。不用想都知道，这完全调查不出什么的。万一，我躲在储物柜里的事被其他同学知道了，我该怎么解释啊。再万一，被他们知道我躲在了更衣室的储物柜里，从社交意义上来说，我也就跟被杀了没什么差别了。

"哎呀，那有什么关系，你在学校是生是死本来也没人关心，事到如今你有什么好害怕的。说不定，你反而会因此意外受到瞩目,感受到活着的感觉哦。"

我谢谢你全家。

总之,我拼尽全力跟茉莉花讨价还价,最终达成协议,调查选在学生很少出现的休息日里进行。今天的这个已经是我调查的第五个柜子了。茉莉花通过望远镜监视着教室的情形。只要不是她视线死角里的教室,就很难糊弄。上午我很幸运,挑到一个她用望远镜不容易看到的教室,可以不被她发现地打打游戏就熬过来了。可是这招不是一直好用。虽然我觉得这种行为愚蠢至极,但谁让我打赌输给了她。没办法,我只好躲在储物柜里,在黑暗里缩成一团,盯着游戏机的屏幕。没想到,今天才刚调查到第二间教室,就遇到这种突发状况。

我看不到外面的情况。虽然听不到说话的声音了,但是感觉她们还在。要从教室出去,不是走教室前门就是走教室后门。这两个门我都可以从通气孔看到,所以绝不会看漏她们的。但是,只要她们还在我的视野之外,我就只得屏气藏好。好吧,反正我平时也是像空气一样没有存在感的人⋯⋯

虽说如此,可我居然被茉莉花说毫无存在感什么的,实在是不能忍。

我叹了口气。没办法,谁让我就是不适合站在阳光下,对人家的话无法回应、不知道怎么取悦别人、待在暗无天日的储物柜里才最合适、心理阴暗、像幽灵一样的人。

我稍稍动了动身体,感觉到后背上似乎有什么东西,吓了我一身汗。是柜子里放着的拖把倒了,略微发出了点声响。略微?谁知道呢。也许是挺大一声也说不定。我感觉在我心跳加速的瞬间,由紧张而产生的震颤直接传到了我的头盖骨。我紧闭嘴唇,呼吸都停住了。

有说话的声音。

"等等。"

说这句话的是村木。

我连唾沫都不敢咽，一心想要抹除自己的气息。我听到脚步声越来越近了。

怎么办、怎么办啊。我要找个什么借口才好啊。"躲在储物柜里是我的兴趣爱好"？这样讲跟承认自己是变态没有差别。"我被同学们欺负，被关在储物柜里了，谢谢你们救我出来"，这大概是最佳方案了吧？再不然就说，"我在这里感受风"？

我战战兢兢地从通气孔往外看。有人在往这边靠近。接着，村木那苍白的脸进入了我的视野。她从教室门口往楼道的方向望去。谢天谢地，她们好像没往储物柜里藏着人这种鬼故事里才有的情节方向猜测。

"可能是我听错了。不过咱们也该回去了。"

我只听清了这么一句。村木再次走向教室里面，与另外一个女孩小声交谈着。

好险好险。要是被村木她们发现了，我肯定会被当成变态的。休息日，在学校满是灰尘的储物柜里躲着消磨时间，这样的兴趣爱好也未免太特殊了点，连获得同情的余地都没有。换我说，这样的人也毫无疑问是个变态呀。

我打开手机看了下时间，躲进这个储物柜已经将近五十分钟了。还有十分钟，我是否会像传闻中一样被融化，命运就会有它的定夺了。

可能是从紧张状态中放松下来的原因，我有点想去厕所。但是村木她们不从这里离开的话，我是不能出去的。我一面努力压抑着想动弹的身体，一面从通气孔向外望，继续干等她们离开。

为了分散注意力，我掏出手机，给茉莉花发短信。

"抱歉，因为我遇到了很多突发状况，所以要中止调查。"

这时村木走回到教室门口，好像她们终于要走了。她小声地对另外那个女孩说："梨香子，咱们该走喽。"

我听到她这么说。

村木走出了教室。被她称作梨香子的女孩似乎还留在教室里。脚步声响起，好像还有挪动桌椅的声音。

梨香子——自然而然地，我脑中浮现出了"一年级的梨香子"的传闻。还有，之前与村木同学的对话。

小心不要被松本梨香子的幽灵附体哦——

当然，名字相同可能只是一个偶然。就连樱井姐也是同样的名字。也许写成汉字会有所不同①，况且这是个很大众的名字。一年级新入学的学生里有几个叫这个名字的人也没什么奇怪的。

我耐心地等着那个梨香子离开。我打算她一出去，就赶紧从储物柜里跳出来，奔向厕所。但是不知怎么回事，梨香子久久地不肯离开。

我听到一些轻微的脚步声。

她还没走啊。嗯……她到底在做什么呢？

不行了，我必须马上去厕所，两腿之间的感觉已经到了极限了……回想一下的话，我从中午开始就还没去过厕所呢。我越这么想，尿意就越强烈。我在储物柜里略微动了动，用手捂在两腿之间。差不多了，快点，让我尿出来吧。村木都已经走了，她一个人还在这既没有人也没有电的破教室里，到底在干什么呢？

我设置成静音的手机，不知什么时候收到了短信。我扫了一

---

① 日语的文字包括汉字和假名，假名起标记汉字读音的作用，假名读音相同也可能对应不同的汉字。

眼信息的内容。

"给我一个理由。"

信息里这样写着。

我单手打着回信。

"因为我想去厕所。"

要是在我输入信息的时候梨香子就离开了,而我却没意识到,那我就是真的傻。所以我把手机举到脸的高度,一边透过通气孔观察着外面的情形,一边充分地利用输入法的联想功能输入着信息。

啊啊,还是不行,要到极限了。我想扭动身体,稍微动一动的话还能好受一点。但是,我动的话就会发出声音。怎么办啊,完蛋了。真是没想到,这一波未平一波又起啊。下次我再躲进储物柜前一定要记得先去一趟厕所。一定要这样。不对,什么呀,我再也不要做这种待在储物柜里一个小时之类被虐的事啦。

我死死地盯着教室一前一后的两扇门。一丁点儿梨香子要过来的迹象都没有。

茉莉花回信息了。

"还有四分钟,给我忍着。"

四分钟。好久。太久了,我要没气了。居然还要再忍四分钟,而且还要等着梨香子从教室里出去,天啊。

对不起,茉莉花,我已经到极限了。要么现在从储物柜里冲出来被大家叫神经病,要么就这么在柜子里尿出来然后仍然被大家叫神经病,这二者哪一个更高贵?我当然还是选前者……啊啊,不行了不行了,要尿出来了。茉莉花,我要尿出来了。忍,不了了……我要冲出柜子了。

还有,对不起了,梨香子。现在马上要冲出储物柜的面目狰狞的男孩，他将带着忍无可忍的尿意双手捂着裤裆冲出来，请你千万千万不要大叫，不要害怕，更不要报警啊！

我推开柜子的门，跳进了教室。总之先道歉吧，我一边想象着女孩子的失声尖叫，一边环顾教室。

一个人也没有。

"咦……"

我不由得出声。

教室里空无一人。雨不时滴打在窗子上，水珠顺着玻璃流下。阳光似乎被厚厚的云层遮住了，外面黑得像是晚上一样。楼道里和教室里都没有开灯，只有些微的自然光映照出教室里面的样子。黑板上什么都没有写，桌椅摆放得整整齐齐，一切都透着寂寥。

梨香子，她在哪儿？

我把教室的窗帘打开了。要说可以藏身的地方，也就只有捆好的窗帘后面了，可是这里也没有谁躲藏的痕迹。那她究竟是怎么离开教室的？我回过头看了看装着清洁用具的储物柜。我开始想象，敞着的门后面是不是躲着人呢。以防万一，我战战兢兢地把门关上，确认了一下角落里没有人。除了我一直盯着的那两个门，应该没有其他的进出口了。好奇怪。再有能想到的可能性是，从窗户出去的……可这里是二楼。被雨淋湿的窗子上所有的月牙锁都是锁着的。

难道说她是从门口出去的，只不过我没看到？这不是幽灵或隐形人是办不到的。

我在教室里疑惑了好一阵子，为自己这个不经意的念头吓得浑身一震。对了，我要尿了，要尿出来了。

我慌忙跑出教室，穿过楼道。

5

中午吃饭的时候，我向来都是一个人。同班同学里我所认识的，就只有高梨和小西两个。小西是女生，自然是跟女生们一起吃饭。高梨又与我不同，他非常善于社交，是向阳而生的那类人。他们俩的圈子，哪一个我都无法融入。所以，为了避开教室里众人同情的目光，我一个人在学校里四处乱逛。我会咬着从小卖部或者便利店买的面包，走在没有阳光的地方，想想姐姐，想想茉莉花。

一到中午就不见人影的我，在大家看来是什么样的呢？还是说，像我这样的人大家是不会在意的呢。也许就是这样吧。毕竟我像幽灵一样没有存在感，说不清是活着还是死了。

我漫无目的地在楼道里走着，想起了村木的事情。她看起来也是那种一到午休就从教室里消失的人。她身上似乎带着种脆弱而又不真实的感觉，也许她跟我一样，都是班里的异类。怎么说呢，哦对，她跟茉莉花有点像。

昨天，在那之后我马上给茉莉花打了电话。果然不出我所料，我因为提前两分钟从储物柜里逃出来被她一顿臭骂。我在劈头盖脸的责骂中，把那个神奇的现象报告给了她。

像幽灵一样从教室里消失掉的女孩子什么的，多像是灵异现象啊。与鬼故事不同，这绝对是个灵异现象。要是能让茉莉花听了这个故事而产生兴趣的话，那在储物柜里待着的苦差事也许就可以免去了。

可是，茉莉花一如往常，语气冷淡。

"然后呢？"

"然后？那个，这不是很不可思议吗？理论上，这只能说教室里还有什么秘密通道。但是，不应该有的吧。怎么想这都是个完整的灵异故事啊。从教室里突然消失的女孩……这，绝对是幽灵啊。"

"你是从什么时候开始相信有灵异现象这回事的？"

"不是，也不是说相信……"

"很遗憾，在我看那间教室的时候，没有看到有人哦。在你说什么想尿尿之类的胡话的时候，我又开始监视的。"

这么说的话，在还剩四分钟的时候，梨香子已经离开教室了。诶，也就是说，在那之前，茉莉花并没有用望远镜监视教室啊，那我不是白躲在柜子里了。

"那个谁，你看到的那个女生是谁来着？你直接去问问她不就好了。"

"那个，她叫村木翔子。我是打算去问问她……"

"嗯，"茉莉花在电话的那边哼了一声，杂音依然强烈，"跟你是一个班的吧。"

"你认识她吗？"

"不是啊。只是之前也观察过她一阵子。好像她是单亲呢。"

单亲？用望远镜是从哪儿、如何观察出来这种事的？算了，这位大小姐，说她在教学楼里安装了窃听器也没什么奇怪的。不知道什么时候,电话被挂断了。似乎我说的话并没能引起茉莉花的兴趣。

我走出教学楼,走在空无一人的校园里。不经意间一抬头,看了眼教学楼的外部楼梯,果然,顶楼那里有人。那个人应该不会是想跳楼吧。我加快了脚步,跑上楼梯。

到了顶楼,视野一下子变得开阔。微风吹拂着少女的黑发。那个背影,让我感觉似乎稍一碰触就会越过护栏,唰地落向地底深处。

"村木。"

我怕吓到她,轻轻地唤了一声。她用手挽着被风吹乱的发丝,回过头看向我。那白得有些病态的脸上,似乎凝结了一层让人无法靠近的静谧。她像在做白日梦般,眼神蒙眬地看着我。

"柴山啊,怎么,你也喜欢上这个地方了?"

"嗯,不是,那个。"我含糊其词,眼神闪躲着。看着女孩子的脸说话,对我来说难度太高了。"那个,其实要说的话,这个地方,我还是有点怕的。"

"我估计也是呢。"村木点点头,"毕竟是会死人的地方嘛。"

她背对着我,手扶在护栏上。

"那个……"

我想问问她昨天的事,可嘴里只能发出些含糊不清的声音。

不行。我说不出话。要是我也可以像班里其他同学那样无所顾忌地跟别人搭腔就好了。像那些沐浴在阳光中的孩子那样。

不是像个幽灵。

而是像有存在感的孩子们那样。

我却只能像个坏掉的玩具似的,沉默着。

我好想要电池。

"什么?"

村木侧过脸问我。

"那个,"我看着别处,努力挤出句话,"昨天……的事。"

"昨天?"

我当然说不出我昨天藏在储物柜里了什么的,而是事先想好了该如何问她。我磨磨蹭蹭地回想着准备好的说辞。

"昨天傍晚,我在老教学楼的楼道里走时,看到你在教室里来着。"

她回过头,沉默着,眯起眼。我可能……是被瞪了。

"啊,不是不是,那个……你好像是和什么人一起来着,你们在那个地方做什么呀,我有点好奇……"

"啊啊,那个啊,我是和朋友一起呢。"

村木背靠在护栏上,微微抬起下巴。

"朋友?"

"是啊,松本梨香子。我是和梨香子一起呢。"

6

那个时候，村木的的确确是叫她梨香子来着。

原来如此，如果那是幽灵的话，不会通灵的我看不到也是正常的。就算她不走门而从教室里消失，也没什么好奇怪的。

我不知道该如何回话，只好呆呆地看着村木那让人捉摸不透的表情。

"你没看到梨香子吗？也是啦，似乎只有我才能看到她呢。"

她这是认真的吗？

村木用坚定的双眸盯着我。

"梨香子偷偷地混入新生之中，不让人发现她是幽灵，融入一年级的圈子里。但是，慢慢地，班里同学互相记住对方的样子之后，她就会消失。柴山，你想过梨香子为什么会消失吗？"

"因为光……"

不知为何，我条件反射似的回答道。

可能是因为我以前也稍微思考过这个问题吧。

"因为光太不一样了。"

我胆怯地抬起脸，看向村木。她歪着头，一直盯着我。

村木，笑了。

"嗯，肯定是这个原因吧。"村木把头发挽到耳后，点点头，"因为大家都实在太耀眼了，所以她觉得自己没有融入进去的可能吧。"

村木静静地说着。

对大家来说，梨香子肯定是个可有可无的存在。不过是个传闻中的幽灵罢了，有跟没有都没区别，每天还是一样地过。所以，她的存在也就变得像空气一样透明，大家都看不到了。

绚烂的光只会洒向活生生的、璀璨耀眼的人们。

对于死气沉沉、冰冷沉默的她来说，那光太亮了。

她似乎会融化在那片光亮之中。

消失踪影。

所以她不见了。

"村木。"我唤她。

"你……是认真的？"我只问出这么一句。

村木耸了耸肩，侧着头。

风吹散了她的长发。

她说："我对你撒谎做什么。"

她那忧郁的表情，不知为何，深深地烙在了我心上。

从一开始，我看到她似乎要越过护栏坠向地面那一刻起。

我想起了樱井姐的话。

有人说，快要死的人就能看到梨香子——

之前我觉得村木跟茉莉花有点像。

其实村木更像一个人。

她，像我姐姐。

7

我走进那位吸血鬼的卧室,看到高傲的她将手脚伸出床外,像具尸体一样,用冰冷的目光注视着我的到来。美丽的黑色长发,和她那露在短短的百褶裙外的雪白长腿,在夕阳映照下的房间里,形成了梦幻的对比。

她动了动身体,看向我这边。长腿软软的,很有弹性,相互挤压着。曲线美好,肤色雪白。在夕阳的映照下,染上了一抹朱红。我回避着她冷漠的注视,目光落在她的腿上。

"我正在思考,该要你如何弥补昨天的失职。"

果然,她又在做着什么无聊的打算。我看了眼她的脸,那完全不像是高中生的红唇正邪恶地歪向一边,像是想吸干猎物的血一样,笑着,露出洁白的犬齿。我浑身一寒,使劲儿地摇头。

"没、没办法的事啊,那是只要是人就会有的生理现象,是不可抗力。"

"呀,是吗?算了,我也不是那么冷酷无情的人,自己养的狗出了丑,也是没办法的事。"

事先说明,我不是狗,是人!

"那边有块抹布。"

"哈？"

我看了一眼，床腿那里有一块干掉了的脏脏的抹布。

"都是因为你不好好打扫卫生，灰尘实在太多了，你拿那块抹布擦擦地板。就当是对你的处罚了。"

"不好好做……你以为平时都是谁在打扫卫生间、从楼下搬水的啊？！你自己周围那块地方总可以自己打扫吧。"

这个废弃的大楼里自然是没有水的。冲马桶的水可以排出去，但那也需要我事先打好几桶水存起来，才有水可用的。我绝对没有不好好打扫。

茉莉花不服气地看着我。不可以。我再怎么反驳也是无益的。

"算、算了，我做，我做，好了吧。"

我先是跑下楼，去旁边楼偷接了一桶水。然后把水桶抱上五楼，浸湿抹布。这时，茉莉花穿上鞋，端坐在床沿上。

"还有，你有没有问村木昨天的事？"

哦呀。没想到她还是对那个事感兴趣的。我一边拧抹布，一边回答她的话。

"那个事，稍微有点奇怪呢。"

要是有运动服就好了，裤子会弄脏的。我一边擦地板，一边把从村木那听来的话大致说给她听。

"又是那个梨香子？"

从头顶传来她不悦的声音。

说起来，茉莉花不仅对"一年级的梨香子"相关的话题不感兴趣，反而一直明显很反感的样子。

"嗯，是、是的。"我仔细地擦着地上的灰尘，继续对她讲着。因为我们都是穿着鞋进出这间屋子的，所以几天不打扫就会有灰。"然后，嗯，村木说，跟她在一起的是梨香子的幽灵。"

不管怎么想，我都始终无法相信幽灵之类的荒唐话。虽然从她的语气里我也多少能听出一些不寻常的意思，可我还是不相信幽灵的存在。但是，村木到底为什么对我讲那样的话呢？她是真的相信有梨香子的幽灵吗？说什么跟幽灵做朋友之类的——

"茉莉花，你怎么想？"

我抬起头，看着她。

不由得，嗓子一紧。

抬头看到的是她那肤色雪白、线条柔美的腿，弯成一个拱形，悬在我眼前。

我正趴在她所坐的床的旁边，百褶裙的裙摆和裙底伸出的长腿近在眼前。水润的皮肤散发着幽香，引诱着我的鼻子。她搭在一起的腿勾勒出一条贝赛尔曲线①，如果我的视线沿着曲线向转弯处延伸的话——

好痛。

"你小子往哪儿看呢！"

被踹了一脚。

我的肩头一阵钝痛，随之而来的还有强烈的负重感。我以类似正坐的姿态，向前倒下。

"什、什么也没看啦！"茉莉花似乎是把交叠在一起的双腿放开了。我因为承受着她一条腿的重量而站不起来。"你的腿，请拿下去！你还穿着鞋呢吧，我衣服上会有鞋印的！"

"啊呀，有什么不妥吗，对于喜欢休息日待在清洁用具储藏柜里的人来说，我觉得鞋印很是般配啊。"

---

①贝赛尔曲线（ベジェ曲線，Bézier curve），一般的矢量图形软件通过它来精确画出曲线。

你也不想想那是因为谁。

"茉莉花……你最近好像有点冷漠。我做错什么了吗?"

总之,先把腿拿开啦。我都没办法抬头了。

"没有啊。"

像是轻点油门一样,她将一部分体重压在了我的身上。

"快点,继续擦。"

她傲慢地说道。

不过,我觉得肩头的重量稍有减轻。我小心地起身,盯着地板,重新折好抹布。那个,您是不打算把腿拿开了吗?

"所以呢,那件事你是怎么看的?"

我继续用抹布擦着地板,她的腿还压在我肩上。是不是应该认真地对她生气呀?我紧咬着嘴唇,保持头不动,尽可能向上偷偷瞥了一眼。但也仅能看到一点床沿,其他什么都没看到。不对,有一瞬,我感觉自己看到了苏格兰格子图案和白色的什么。她把右腿压在我肩上,左脚踩在地上。往下看的话,在我正用抹布擦的区域边缘,是她的鞋和藏蓝色的高筒袜包裹着的纤细小腿。

就没有什么方法能让我抬起头,还不被她发现的吗?

她要是不肯把压在我肩上的腿拿开的话,我就偷看给她瞧。

我一边伺机逆袭,一边继续擦地,接着刚才的话题说道。

"单纯来看,梨香子的幽灵应该是大家编出来的,和村木在一起的那个女生,可能是有什么原因,所以她不想让我知道吧。我猜,村木跟她在一起这个事肯定是保密的。所以我问的时候,村木就现编了个故事给我。"

"哇哦,难得见你也会动脑子呢。"

那还真的是抱歉呢。我被她用腿压着,稍稍往后挪了一点。

"然后呢？"

"那个时候，她们俩一直是在小声地讲话，所以肯定是有什么不想被别人听到的事情。只是，这样的话……问题是，被村木称作梨香子的那个女生，她是怎么从教室里出去的呢？"

与最初给我的那一击不同，现在压在我肩头的重量已经很轻了。我并不觉得疼，甚至这种有节奏的敲打，反而像是在按摩着我僵硬的肩膀。嗯，被人用腿压着，竟意外地舒服呢……

"有没有可能，只是你没看到梨香子离开教室的那个瞬间呢？"

"嗯……"我边擦地，边慢慢小心地往后挪着，"我……我一直从通气孔往外看着教室前后的两个门。放清洁用具的柜子跟楼道那边的墙成直角，所以从通气孔能完整地看到那两个门。我一直盯着看，不会看漏的。"

"你也不可能一个小时一直都盯着啊。在你没注意的时候，有可能梨香子已经出去了呢？"

肩头传来的节奏，略微发生了变化。

细想一下现在的情景的话，我正手脚并用地趴在地上，头顶上方是茉莉花的大腿。从旁来看的话，这构图有点厉害啊。只要我稍一抬头，头发丝就有可能触碰到她的腿。也就是说，她的大腿可能会和我头顶上的头发发生接触……果、果然，是很软的吧？

如果她的大腿里侧碰到我的后脑勺，那感觉说不定跟枕在她的膝盖上差不多？就称为"反向膝枕"好啦。到底是什么样的感觉呢？我要不要稍微鼓起点勇气，抬起头试试看呀……

"你小子，动什么歪脑筋呢？"

"我、我在想，有没有在我没注意的时候，梨香子从教室里出去了的可能性啊!"

我能略微窥见一点,半陷在床单里的两个白白的圆丘。平滑的腿部轮廓突然变圆,像美好的果实。就像是用打得起泡的优质蛋白,和着小麦粉、砂糖,精心制做出的蛋糕的表层,看起来软软的,仿佛用舌尖一碰就会融化似的。在她的双腿之间,宛如有清流淌过,夹着一个细细的暗部。

难、难不成,这是她臀部的线条?啊,这、这如何是好。在看到她的底裤之前,竟先看到了她臀部的线条。不对,只看到一瞬,所以我不能确定。要想把这些印在脑子里,至少还要再看三次。我苦忍了一年,一偿所愿的时刻终于来到了。我不被她察觉地悄悄向后退。这样慢慢往后退,改变角度,应该能稍稍抬起头,看到她大腿根处那神秘的区域了……

"柴犬。"

突然,她叫我。

"啊,我在。"

我跪在地上回应着。

"接下来,我会对你说一些非我本意的话,请你原谅。"

"什、什么啊?"

我的肩又开始被重重地压着了。

"垃圾。"

她冷酷地骂着。

"杂碎。"

她像是踹我一样用力地踩着我的肩膀。

无论如何,这也太过分了吧?

"变态。"

好痛。心好痛。

"那个，你是不是有什么误会呀……"

我没有动任何坏心眼儿。

"哎呀，这都是非我本意的话，你不要在意。我不过是看你可怜地只能跪在地上，被女人用腿压着，觉得很高兴罢了。"

哇，虽然我现在说这话有点多余，但她真的是太抖S[①]了。

"所以呢，有没有可能梨香子是趁你没注意时从教室出去的呢？"

"那个……"我回忆着，"我觉得没这个可能。村木先出去之后，我一直盯着门口。"

"你为什么认为，是村木先出去了呢？"

"哈？"

"如果是梨香子先从门口出去，然后村木才出去的呢？那样的话，你就是在教室已经没有人之后，才开始一直盯着门的啦。"

"不对，不对不对。那不可能。"我差点又要抬头，还好忍住了。如果再被骂，我就要抑郁了。"村木从教室出去之后，还朝着教室里的梨香子说了什么呢。而且，在那之后，我还能感觉到梨香子的气息，或者说，我还听到教室里有一些类似脚步声的声音。所以肯定不可能是你说的那样。"

"那样的话，也不可能是村木一开始就是在跟谁打电话那么简单喽。"

"是的，所以我才搞不懂啊。"

"那么，答案只有一个了。"

"哈？"

她是知道什么了吗？

[①] 抖S（ドエス），指有严重的虐人倾向。"抖"是日文"ド"的音译，是表示程度很高的意思的副词。"S"源自英文"Sadism"的首字母，指施虐癖或者有施虐癖的人。

我再次抬起了头。可以看到压在我身上的她的腿，肌肤平滑。当然，我又被踹了。这次踹的是头。

"你还真是无可救药啊。"

轻蔑的声音从我头顶飘过来。

不，说到底，让我保持这个姿势的是谁啊。

后脑勺上传来一阵硬硬的触感。不，比我以为的要软些。

"嗬，你还知道把鞋脱了再踩呀？"

她的脚被袜子包裹着，软软地踩在我头上。

茉莉花没理会我，说道："我一直觉得，你真的是个可怜人啊。"

她一边声音清脆地说着，一边用脚趾尖和脚踝轻敲我的头。

"像空气一样没有存在感，还没有一点可取之处，真的是，无可救药。"

你也不用这么实话实说吧。

像空气。毫无存在感，像幽灵。一无是处，连话也不会说，无法取悦任何人。

其实我、其实我，要是可以的话……

要是可以的话，我也不想成为这个样子。

要是可以的话，我也想闪闪发光。我也想有人能看到我。不受嘲笑。不被无视。不被可怜。我也想变得有用。想变得会讲话。别人讲的话都可以风趣地回应。我也想笑着、被大家包围着、不再胆怯地生活。

但是，我的电池没电了。

我是坏掉的、不会动的玩具。

不，不是这样的。是光的区别太大了。

这些，都是遥不可及的梦吧。

"其实我，要是可以的话……"

我呻吟般地发出一点声音。

"可、可以的话……"

可是，我该怎么做呀，我不知道。

我不知道啊！

我的声音在发抖。嗓子和紧握着的手也在抖。

不知什么时候，压在我头上的那个软软的重量不见了。

我咬着嘴唇。不行。不可以在她面前示弱，又会被看不起的。

沉默持续了一阵子。我一言不发，忍住眼泪，脸都开始痉挛了。

"我以为你会高兴呢，没意思。"

我听到她叹着气说。

我怯生生地抬起头，不知什么时候，茉莉花已经站了起来，她正用窗边的望远镜向外望。

"性子急躁的男人会被讨厌的哦。"她背对着我说，"人啊，是不会改变得那么快的。只能从你能做到的开始，一点一点来啊。"

什么意思啊。

"茉莉花，你——"

"我就好心地接着给你讲刚才的事吧。"

"刚才的事？"

"村木翔子的事啊。"

我迷迷糊糊地站起身，看向她。

"只剩下一个可能。那就是，你，看不到梨香子。这件事不过如此。"

突然回到了刚才的话题，我的脑子还有点跟不上。

"你盯着门口的时候，没有看到梨香子从门口出去。但是，那并不意味着，她没从门口走。"

"你该不会是想说，梨香子可以隐身之类的吧。"

"从某种意义上说，就是这样。不过，你别忘了，你当时的视野范围是限定在很特殊的情况下的。"

特殊的情况？

"你是说……"

"通常，存放清洁用具的储物柜上的通气孔，都是在柜门的上部某处。"

茉莉花话里的意思，我懂了。

只是……

"不对，确实通气孔只有柜门上部才有，但要说那就导致看不到的话，得是多小的小孩子啊。那可真的是小学生一样——"

"昨天，我观察校园的时候，看到有老师把自己的孩子带过来了啊。估计是托管小孩的地方满员了，或者有什么不能把孩子一个人留在家里的原因，才把孩子带到学校来的吧。休息日时偶尔能见到呢。那个老师，好像是叫榎本吧。"

突然，我想起了小西说的话。

今天，榎本老师把他的女儿带到学校来了呢——

原来如此，榎本老师的女儿，比我以为的还要小很多啊。

对，是我先入为主了。头发清爽、皮肤白皙，穿上校服好看得像模特。那也不一定就是跟我同龄的孩子。也可能是小学生。同样的，跟村木在一起的梨香子，也不一定就是我们学校的学生。

一切，都是我先入为主了。

"可是，为什么？梨香子要是榎本老师的孩子的话……那为什么村木要对我隐瞒她和那个孩子见面的事呢？"

"谁知道啊，我怎么会连那种事都猜得到。"

茉莉花终于回头看我了。

"柴犬，过来。"

跪得太久了，我起身摇摇晃晃地走到望远镜旁边。

"人啊，是不会突然就改变的。但是也不会像你一样笨，总是待在原地磨叽。"

她静静地指了下望远镜。

"你看那儿。"

我把眼睛凑近望远镜。

镜头的方向正对着学校的教学楼。

"这里是……"

"我有时会看到呢。有人从那边的楼梯上去，像是就要掉下去了。"

我透过望远镜，看到一个女生正在上楼梯。

是村木翔子。

为什么呢？我生出一种不好的预感。

像是就要掉下去的她——

"不行……在那样的地方，我感觉不太妙。"

身体比大脑先动了起来。

"对不起，茉莉花，我要过去一下。"

我慌忙跑出房间，奔下楼去。

茉莉花什么都没有说。

8

她像是马上要从高处往下跳一样。

这样不明缘由地跑上楼梯，跑向一个女孩子身边，我还是第一次。

肯定，她是不会真的跳下去的。只不过是我有一点不好的预感。即便如此，我也不能视而不见。即便是我想多了，也不能不管——

我呼吸急促，眼前的视野也强烈地上下晃动着。换作遇见茉莉花之前的我，肯定已经晕倒了吧。她蛮不讲理地推给我的那些重体力劳动，似乎多多少少让我增强了体魄。我擦着额头上的汗，看着站在护栏上的村木翔子。只要伸手一碰，就会落向另一侧的她——

"村木！"

听到我的声音，村木转过了脸。风吹动她的头发和裙摆。她那纤细的身体，似乎就要被风吹到另一边去了。

"柴山。"

村木有些意外地动了动嘴唇。

但是这次，她没有马上从护栏上下来，只是冷冷地看着我。

她是不会在我眼前跳下去的吧。不过，也不能忽视这个可能性。

我抱着随时要跑到她身旁的心理准备，悄悄地向她靠近。

"你，又在感受风吗？"

我用低哑的声音问道。

"嗯。"

村木点了点头。

她在说谎。

这我还是看得出来的。这一点村木和我都心知肚明。

她可能没有真的想死。任谁都会害怕摔下去的。谁都不想死。所以她才会一次又一次地站在这里，吹着风，感受死亡。

任谁都会有想死的时候。

我总算到她近旁了。

不过，她一不小心摔下去的可能还是有的。

我看着她，不知该说什么。

自然而然地，不造作地，开朗地。好羡慕可以那样讲话的人。

我时不时会这样想。

时不时地感到痛苦。

我就像是个没电的坏掉的玩具。

拍手，也没有反应。

所以，对我讲话也没有用。

所以，姐姐才什么都没对我讲吧。因为对我说什么都无济于事。就算跟我讲、跟我商量，我也帮不上任何忙。所以，她什么也不说。就那样，走掉了。

后悔的感觉在膨胀，似乎要胀裂开来。

我好想听她讲。

也许我给不了任何反应。

但是，讲给我听啊。

"讲给我听啊！"

我的声音在发抖。村木眨了眨眼，看着我。

"讲给我听啊，什么都可以，你的事。"

讲给我听啊。

我不是隐形人。

我会努力的。

我会努力，说点什么。

"你怎么了，柴山？"

村木不解地侧着头，在护栏上蹲下身来。然后，她像是看到什么滑稽的事一样，笑了笑，从护栏上下来了。

我一度停滞的呼吸得以继续，大大地呼了一口气。

"那个，白天的……事。"

我跟她的共同话题，也就只有这个了。

"那个时候跟你在一起的……是你妹妹吗？"

"啊啊？"

村木稍稍睁大了眼睛。她像是躲避着我的目光，笑了笑。

"什么呀，被你识破了吗，没意思。"

当然，我没有什么确切的证据，只是我的推测。那时的那个女孩如果真的是榎本老师的孩子的话，那村木对她的称呼，有点儿奇怪。

梨香子，咱们该走喽——

不管对方是多小的小孩子，那么亲昵地叫① 别人的孩子，不

---

① 日本人有按照关系亲疏来决定称呼的习惯。对初次见面等不熟悉的人，一般用姓氏加上"さん"（表示尊敬）来称呼，关系熟悉的人就直呼姓氏，更亲密的会直接叫姓氏后面的名字。

大好吧。

"那种骗人的鬼话,脑子有问题的人才信呢。"

心跳尚未恢复平静。我把手按在胸口,慢慢靠近倚在护栏上的村木。

"我以为就算你不信,如果觉得我是脑子有问题,也就不会多猜疑什么了。你看我,一直就是那种形象啊。"

猜疑——

我站定了,找不到可以说的话。我开始有点懊恼自己神经大条,紧紧抓住领带和衣领。是的,谁都会有一些不想被过问的秘密。可我居然堂而皇之地触及了人家的隐私,我是多么厚脸皮啊。我羞愧得抬不起头。

即使如此,如果我不闯进来,她掉下去的时候我就抓不到她了。

"对不起,这大概是你不想提的事情吧。"

村木没有说话。

我盯着地面上自己的倒影。

风在吹。刘海被风吹动,我能听到村木在笑。

"嗯,不是,你问啊。"

今天的风,暖暖的。

"那个孩子,榎本梨香子,是我的妹妹。"

我看着村木。

她双手扶在护栏上,向上望着天。

太阳被云层遮住了,尽管如此,天空仍然是一片漂亮的酒红色。

"我爸爸妈妈很早之前就离婚了。我跟着爸爸,妹妹跟着妈妈。那之后不久,我妈妈再婚了,她再婚的对象就是榎本老师。

我从来没上过那个人的课,也没跟他说过话。"

村木这样对我说道。可我还是一如往常,不知道该说些什么。像个没电了的玩具,只会默默地点头。

即便这样,我也希望她对我讲。

"他们已经是一家人了,而且我爸妈离婚的时候妹妹还很小,所以,他们不让我和妹妹见面。我妹妹以为榎本老师就是她的亲生父亲,也不知道我们是有血缘关系的亲姐妹。"

村木回过头来。

我们四目相对。那是一双漆黑而缥缈的眸子。她有点不好意思地笑了笑,马上就又把头转回去了。

"我妈妈以前就是个工作狂,我猜肯定现在也是一样。有时到了周末,榎本老师就会带着梨香子来学校。他忙的时候,会让学生帮忙照看小孩。所以,我好几次拜托朋友,给我和妹妹创造见面的机会。"

原来是这样啊。

可我却连这么简单的一句话也说不出口,舌头在嘴里迷路了。

"我时不时会想,自己这么做到底是想干什么呢。还是从前开心啊,有爸爸妈妈,有我,有妹妹……我会想,到底他们为什么非要离婚呢?为什么就不能再回到从前呢?"

她沮丧地低垂着头,手放在护栏上,口中叹出的气摔碎在地上。

我似乎看到她那纤弱的背有一点发抖。

"那都是不可能实现的愿望啦。所以做什么都是徒劳。可是,那是我亲妹妹啊。我好想说出来,好想告诉她,好想跟她相认。我还想告诉她关于我自己的事。"

绝对,不可能实现的愿望。

我低着头，她这句话在我胸中翻滚，沉重而尖锐。所谓心痛，就是这种感觉吧。我也有很多这样的愿望。我想流利地讲话，想要电池，想变得有用，还有很多，不可能实现的愿望。我想见姐姐，想更了解姐姐，想听姐姐说说话。还有很多。还有，很多很多。我的愿望，都是些无法实现的事情。

不好，我什么也说不出来，什么回应也做不出。这不是该哑口无言的时候啊。至少，能想到些什么安慰人的话也好。可我什么都想不出来。为什么，我为什么长成了这样的人呢？

"抱歉。"

我好不容易挤出句话，感到呼吸困难，胸口像要撕裂开来。

绝对，不会实现的愿望。

"我也想说点什么……可我，什么都说不出来。"

喂，有希也来试试嘛。

姐姐拍了拍手，玩具猫开始摇动尾巴，发出一些可爱的声响。可是，另外一只却没有动。无论姐姐再怎么拍手，它也没有任何反应。没有用处的玩具，有它没它都没有差别。终于，姐姐放弃了拍手，一脸无趣地从我面前走开了。如果我能做些什么就好了，能说些什么就好了。

姐姐。

"没事啦。"

随着微风，村木的声音飘进了我的耳朵，还带着让人发痒的笑声。我有点不自在地抬起头。风吹乱了她的长发。她对着酒红色夕阳的方向，我看不清她脸上的表情。

"光听我说就好了。光听我说说就足够了。"

风吹散云层，躲在云彩后面的酒红色夕阳露了出来。

眼前洒满一片金色的光。令人目眩的光穿透层层的云，像幕布一样一泻而下。是像要将世界在我们眼前铺展开来一般温柔的光。

"谢谢你。"村木笑着说道。

堵在我胸口的什么,好像被她的话融化了。

光——

我想起那个时候村木说的,孤单的松本梨香子。

那个传说中的幽灵,究竟是谁呢?

村木总是站在这里感受风的那种感觉,我想我可以想象得到。

绝对,不会实现的愿望。

努力伸出手也够不到的地方,无法触及的地方,有很多。明知不可能。明明知道。即便如此,肯定可以从能做到的事情起,一点一点,将手伸向前。

只有这样——

"村木。"

我磕磕巴巴地张口。我们两个人望着同一片景色。

"如果你觉得难过,又想来这里的话,记得叫上我。"

在这种地方,一个人孤孤单单地待着,实在有点太悲伤了。

村木腼腆地点了点头。

我沐浴在向西沉去的夕阳那耀眼的光亮之中,默默祈祷,像在用身体吸收阳光的热量一般。但愿我体内的电池也能再次充上电,但愿以后谁再拍手的时候,我也能做出些微反应,像与之回应那样。

告别孤单

1

这是一道难题。

我的人生中总是充满了无法解答的疑团。这本习题册里的数学题,就是我身边不可解之谜中的一个。此时,我身边百无聊赖的她,正用手撑着脸,忧郁地低垂着眼。她平时都在想些什么呢。这也是我身边不可解之谜的其中之一。

我屏住呼吸,偷偷地看她的侧脸。长长的睫毛下面,漆黑的双眸犹如微波掠过的湖面,一片静谧。她那略带忧郁的视线落在参考书上,眼里时不时地闪着光。她好像住在荒无人烟的城堡里的吸血鬼一样,手撑在那不曾见过阳光的苍白脸颊上,一直是一副像随时要发出叹息的表情,似乎已经这样生活了好几百年。我费力地把视线从她身上移开,看向笔记本。咦,我手里的笔都停了半天了。她给我准备的习题册,比之前的更难了。

在我旁边,紧挨着我的地方铺了张豪华的复古风坐垫,茉莉花坐在上面,伏在矮桌上。我们离得很近,谁动一下手肘就会碰到对方。一旦开始意识到她的存在,我的脑子就更不转了。

"怎么了?"

她平静地问道。我赶紧挺直脊背,正了正坐姿。

"那个,有道题很难。"我看着数学题的题干说道,"我不太明白这个函数的意思。"

她凑了过来。有衣服摩擦的声音,还有香香的味道。我屏住呼吸,偷瞥了她一眼。现在已经六月了,到了换夏装的季节。这个没有空调的房间很闷热,她脱掉了毛线背心,只穿着白衬衣。她将胭脂色的领带松到不能再松,胸前的扣子解开了最上面的两颗。从她的领口,我可以窥见她胸口娇艳温热、粉嫩有光泽的肌肤,毫不设防的胸脯近乎挑逗,就像一个要将我的视线全数吸进去的黑洞,是异世界的秘密入口。

"哼哼。"

茉莉花哼了一声,点点头。她看到我在笔记本上写的解题步骤,似乎是知道了我的问题出在哪里。

"那,我给你个提示吧。"

这样说着,她趴在了桌子上。她纤弱的身子压在桌子上,扭动着,看向我。摊在桌子上的参考书都被她压在身下,长长的头发如画一般地铺散开。我怔怔地盯了她一会儿,然后,目光停在了被她用力挤着的异常饱满、形状美丽的浑圆物体上。敞开的两颗扣子,松开的领带,纯白的衬衣。那清凉的白色下,透出桃色的刺绣。茉莉花躺在桌上,故意挺着胸。她要干什么呀,我不明所以。我不自在地哼叽着,看着她像猫一样恣意地伸展着身体。魔女缓缓地抬起手,很烦闷似的用指尖解开缠绕在颈间的领带。

"那个……茉莉花,你……"

这位大小姐在做什么呀?

衬衣的领口越敞越开,我能窥见的皮肤面积越来越大。她的指尖在身体上滑过,直至浑圆的胸前。那里婀娜而丰满,像饱满的果实,待在白色的衬衣里面似乎有点儿太挤了。这是干什么呀？怎么回事？我是不是在做梦？胸前微微透出的刺绣，衬衣上的折皱，这些让我对她衣服遮盖下的身体的手感和质感产生无限遐想。她把手指放在了第三颗扣子上。露出的肌肤，香汗涔涔的脖子，线条明显的锁骨。再下面是一小片由不知重量的隆起而产生的阴影。因为她身体压在桌子上而愈加明显的乳沟，撩拨想象力的富有弹性的雪白肌肤。像被捏得绵软的面包坯子一样的，形状不断变化着。像球一样，球形的——

"啊，我明白了。"

我突然懂了。原来如此，是体积。这个函数是用来求球体的表面积的，从这个公式可以导出体积，然后……我凭着钢铁般的意志，把视线从她身上移开。没关系，刚才的画面已经印在了我的脑海里，即使回家以后也可以在脑中回放。

我拿起笔，行云流水地写着算式。题做得很顺，很有感觉。茉莉花慢悠悠地起身，看了一眼我写的数字。我算出答案，拿给她看。她点了点头。

"做对了。"

我呼出一口气。

"还说呢，你给的提示绕的圈子也太大了点吧。"

我一只手挡着脸，从指缝偷瞄着她。茉莉花一脸平静。她这个人似乎是真的没有羞耻心。第三颗扣子还敞开着，虽然衣服没被撑开，但只要她稍一动，估计胸前的衣服马上就会裂开。不知道我是该担心，还是该期待。我忍着体内深处涌出的灼热感，尽力绅士地保持正坐。

"那个，茉莉花，我好歹也是一个发育健全的青少年，如果你能稍注意一下，让我不用这么紧张，就帮我的大忙了。"

"呀，这样啊。男人，真的是一种可怜的生物呢。"

我抬起头，看到妖艳魔女的嘴唇上，挂着一抹邪魅的笑。

"没事的，你跟那方面是无缘的。"

她如此断言。我叹了口气，放下了笔，没心情继续做题了。是啊，与我无缘，毕竟我是个没有决断力、没有行动力、什么都没有的人。

"而且，观察你的反应着实是件有趣的事。就像看着水流进蚂蚁窝，蚂蚁们惊慌四窜一样，让人很兴奋。"

哎，抖S。让人无语的抖S。

我瞄了她一眼。茉莉花正垂着眼，系好胸前的衣扣。那一举一动，又让我心动不已。正中她的下怀了，我知道。我不过正被调戏，我不过是她的奴隶，是体力还不错的跑腿儿打杂的，没有任何可以被她当作一个男人看待的地方。

即便如此，我还是喜欢她的。

所以，我一直在努力寻找自己可以被她认可的地方。

而这，也是我身边一个无解的难题。

"话说，你明天放学以后有空吧。"

她自说自话。

"啊，不，明天我和摄影部的人有约了。"

"呀，这样啊。"

她只说了这么一句。我有点怕怕地抬起头，看到她正用手撑着脸，望着我。目光冷冷的。

"啊，那个，后天的话，我有时间。"

"不用了。"

她眯起眼，撑着脸颊的手慢慢放了下来。雪白的指尖穿进乌黑的长发里，将发丝拨乱。然后她又伏在桌上，说道："你，以后没有我也可以自己好好地活着了呢。"

没有茉莉花的话——

同样的话,我似乎之前也听过。

"什么意思啊?"我吃了一惊,回问道。

她把脸侧了过去,表情藏在了那一头乌黑的长发后面。然后,她又开口了,语气听起来若无其事、百无聊赖,又困得不行。

"不知道啦。"

我盯着她乌黑的头发中那白白的发旋儿。

像睡着了似的,茉莉花没有再说话。

2

"那,你们稍等一下哦。"

冰茶的杯子凉凉的,装得满满的冰被染成酒红色。从学校出来时我明明喝足了水,但是天实在太热了,喉咙又干了。我伸手去拿杯子,指尖传来冰凉的触感,很舒服。我含着吸管,咕咚咕咚地喝着。真好喝。

"好喝!"松本茉莉香抬起头,笑了一下,"跟外面卖的一样呢。"

"我们这里有意思吧?"樱井姐笑着说,"这家店一直这样,我以前也是这里的常客呢。在这儿待着很舒服,可以放松地看看书。"

这家照相馆的里间有一张小小的圆桌。樱井姐告诉我们,照相馆有个传统,会为等着冲洗照片的人免费提供一些咖啡、茶之类的饮料。因为今天我们的照片冲洗好需要三十分钟,所以我和松本就享受了一下这里的款待。照相馆的墙上装饰着几张照片和一些古旧的照相机,店里还有很多颇为可爱的小摆设。我们俩就坐在这儿,四目相对。松本有些不好意思地笑了笑。我赶紧条件反射似的把目光移开了。樱井姐在里面忙,我能听到一点她和店长说话的声音。

嗓子润了润之后,我心头涌上一丝后悔。跟两个女生去店里什么的,是我不曾有过的经历。该说些什么好呢。其实,我根本就不是摄影部的人,现在却在这里等着洗照片,真的是有点可笑。最近,我若无其事地跟摄影部的人一起活动,摆出一副我们是伙伴的姿态。可我也并不是多喜欢摄影。

可以待在这里的理由。

我找不到这样的理由,叼着吸管,沉默着。

松本最近喜欢用一个白色的发圈绑头发。她冲我笑了一下,但见我什么也不说,就掏出了手机。平时总是笑嘻嘻的她,这样盯着手机看的时候,显得有点忧伤。可能是我让她觉得无聊了吧。我心里着急,脖子后面直冒汗。

得说点什么才行。

正当我在脑子里努力寻找话题的时候,松本突然抬起脸,说道:"小祐,你平时都喜欢做什么呀?"

她问得很突然。平时?我也没什么特别算得上爱好的爱好,硬要说的话,玩玩游戏或者看看漫画吧。但是这些,我有点不好意思说出口。不对,要说最近的话,"学习……之类的。"

"哇,好认真啊!"

被她这么一说,我有点受伤。我好好学习,不是因为认真努力。而是因为如果我不好好学习的话,茉莉花拿过来的题我就解不出来。我是因为想被喜欢的人认可,才好好学习的,这样肯定不能算是认真吧。

"你休息放松的时候,做什么呢?啊,小祐是不是喜欢运动?"

"那个,我不运动。"

"我猜也是。"松本笑了。那你还问我。"啊，那你看不看足球比赛之类的？"

"也没有。"不知道为什么，我感觉像是在被人指责，"我完全没有爱好。人还是有个什么爱好比较好，是吧？"

我喃喃自语道。

"啊，不是不是，小祐就是小祐嘛。"松本摆着手，笑道。

"但是，女孩子还是喜欢擅长运动的男生吧。"

我心里猜想着茉莉花会怎样想。

"确实是呢。看着男孩子拼命努力的样子，就会想为他们加加油。而且总会觉得还是会运动的人比较可靠，更像男子汉吧。结实的臂膀让人觉得很有魅力。"

她眼睛闪着光，尽力描述着。

男子汉。

"这、这样啊……"

我垂下眼，咬住吸管。她的眼神让我感觉有点受伤。

"不过，这只是我个人的喜好啦。小祐不用在意啦。啊，你是不是有喜欢的人了？"

我差点把嘴里的冰茶喷出来。

"不是不是，没这回事。"

"如果你愿意的话，随时可以跟我讲哦！"松本眼里闪着光，突然探身向前，"对方是什么样的女生哇？是同班的吗？可爱吗？"

"没啦，真的，没这回事。"

我低下头。

既不是同班的，也不知道她的真名。

与其说可爱，更应该说她那是超出一般的美丽。

我该如何是好啊。既没有结实的臂膀，也不会说些让女孩子开心的话。

我与那些标准相差太远了，还是适合当个小跟班。

我不由得叹了口气。

但是，女生的心思，还是女生最了解。我下定决心，抬起头。

"那个，松本——"

"啥？"

可是，我抬起头看到的却不是松本，而是樱井姐的笑脸，她正弓着身子盯着我。

"啊！"我吓了一跳，身子往后一缩，"那个，松本呢？"

"哦哦。"樱井姐点了点头，对我示意了一下店门口的方向。我透过玻璃橱窗，看到松本正在外面打电话。"好像有人给她打电话了。你怎么了，发什么呆呢？是不是恋爱的烦恼呀？姐姐也可以听你说哦。"

"啊，你都听到了啊。"

"店这么小，当然听得到啦。"樱井姐一点没觉得有任何不妥地笑着，理所当然地说道。然后她伸出食指，自顾自地开始讲："我能告诉你的就是，千万不要做让自己后悔的事。"

女人啊，真的都很喜欢这种话题。樱井姐言之凿凿地继续说着。

"人啊，不是什么时候想见谁就能见得到的。不知道什么时候就会分别，就会失去告诉她自己心意的机会。到那个时候，就都晚了。"

"是、是哦……"

"是呀、是呀！说不定，对你很重要的人，明天就会突然从你眼前消失。这么想，是不是会变得有勇气一点？"

消失。

樱井姐的话里有种薄雾般朦胧的不安。

为了转移话题,我问道:"学姐,你有过这种经历吗?"

"嗯,算有吧。"她笑着点了点头,"之前发生了一些事,我跟一个人没来得及好好打声招呼,就分别了。我不知道她的联系方式,一直没办法跟她说出自己的感觉……这种事,是不是想象一下都觉得难受啊?"

这种感觉,我不需要想象也清楚得很。

突然的离别。突然的失去。什么都不对我说,什么话都没有,她就突然从我眼前消失了。

姐姐。

为什么,你为什么什么都不对我说呢?

3

我在车站买了华夫饼,然后走向那个废墟大楼。已经三天没去茉莉花那里了。我记起来上次她好像有什么事要对我说。可能又是要我去调查什么奇怪的事吧。

我把自行车停在大楼后面,从卷帘门下面的空隙钻了进去。现在是傍晚,屋里跟平时一样一点光都进不来,一片漆黑。

"茉莉花?"

到了五楼,我往她的房间看了一眼。我装的门链锁她依旧没有用过,就垂在那里,门半掩着。似乎没人。她出去了吗?我推开门,往里看了看,被房间里的样子吓住了。

衣服散了一地,从门口一直到床上,就像格林童话里撒在地上做路标用的面包屑一样。白得耀眼的衬衫被丢在床上。围成一个圈的格子百褶裙。干净的奶油色背心。藏蓝的袜子。胭脂色的领带。衣服脱得到处都是。我感觉眼前的一切像在哪里看到过似的。似乎我曾经幻想过这样的场景,在我幻想的画面中,紧贴着她那柔软肌肤的衣物四处散落,好像还散发着迷人的香气。我走进房间,看了看四周,不像有人在的样子。床上还放着一件藏蓝色的外套,估计是她昨天夜里冷了吧。

这，怎么办啊。扔得这么乱……

嗯，怎么说呢，总不能就这么乱着吧，在地上又碍事，我肯定是要给她收拾一下的嘛。这没有什么奇怪的。

好吧，我先把华夫饼放在旁边的桌子上，然后开始收拾散落的衣服。

我捡起了她的袜子，叠好放在床上。又摒弃心中的邪念，将裙子、背心、领带一一捡起，叠好，放到床上。女孩子衣服的触感像是一个未知的神秘世界。背心什么的，应该跟男生的衣服材料一样，可是出奇地柔软，让人不由得想放在手里好好摸一摸。裙子这种衣服的结构，对我来说真的是异次元世界。不过让我更感好奇的，还是她的白衬衣。

我把衬衣拿在手中，它像是没有扣上的窗帘，阳光照进来，半透明地蛊惑人心。我跪坐在床上，嗓子一紧。这是茉莉花穿过的校服，是直接接触过她身体的神女之衣。虽然我屏住了呼吸，可仍能嗅到一缕缕香气。还有她身上的味道……我稍稍闻了闻，不会有人知道的，对吧。

我的心脏狂跳着。衣服胸前的口袋附近，是包裹着她胸前浑圆部位的地方。我摸索着包裹胸部的布料，慢慢地将手中的衬衫凑向鼻子。

甜甜的草莓香。

多么沁人心脾的香气啊。不行。我要疯了。我慌忙将衣服拿开，认真地叠好。刚才若是一不小心，我就要把脸埋到她的衣服里去了。

自制力取得了胜利。

我这么绅士的高中生，全世界也不好找的吧，我很自豪。要是普通的高中男生，肯定不会就这么算了的。我站起身，拿起了她的外套。这个不需要叠,就像她平时那样,挂在人形模特上就好了。我一拿起衣服,有什么从里面掉了出来。估计是放在口袋里的什么吧。我先把衣服挂好,再去捡起一看,是一个藏蓝色的手账。

我立刻认出,那是我们高中的学生手账。茉莉花的学生手账与我的手账略有差别。之前听三轮部长说过,从我们这年开始,学生手账的设计变了。我把它翻过来一看,本应放在保护套里的学生证不见了。通常情况下,这里应该有带照片的学生证。

我浑身被一种奇怪的紧张感笼罩着,仔细地查看手账。虽然没有学生证,可看看里面,说不定可以知道些什么。我私自翻她的东西,若让她知道了,这可是重罪啊。不过,比起罪恶感,想一探究竟的心情更加强烈。关于她的事情。关于茉莉花的事情。什么都好,我什么都想知道。

至少,能知道她的真名也好。

我打定主意,翻开手账。记事栏里空空如也,什么都没有写。日历是四年前的。四年前?学生手账的内页每年都会更新,为什么会是旧日历?就好像时间一直停在四年前一样。我带着强烈的异样感,将手账翻到最后一页。在备忘栏里,有手写的姓名和住址。我在那里看到一个字迹漂亮的姓名。

松本梨香子。

这样写着。

这是,跳楼自杀的那个女生的名字。

突然,我感觉一阵目眩。

我哑然失色,盯着手里的东西。茉莉花的真名是,松本梨香子?这是那个自杀了的女孩的名字,这不可能。

我感觉背后一阵发寒。从今年春天开始,我身边一直萦绕着关于这个自杀了的女生的传闻。只是,这次不再是传闻。已不在人世的女孩的遗物,正在我的手中。

不对,等等。有点奇怪,让我好好想想。

这有没有可能只是单纯的同名同姓?若非如此,那就要往荒唐无稽的方向想了。

一个念头闪过脑海,我抬起头,回头看了看房间里的样子。

衣服乱七八糟地扔了一屋子,她就像是突然消失了一样。想到这儿,我觉得自己的想法太可笑了。

我一直等到晚上,结果也没能见到她。

4

第二天,空气湿度依然很高,闷热得厉害,校园里到处是潮乎乎的空气。

我坐在校园中庭背阴的长椅上,啃着从小卖部买来的面包。阳光非常强,待着不动都是一身汗。

口袋里的手机震了。我看了一眼,是松本来的电话。

"喂。"

"喂,是小祐吗?"

电话那边传来充满活力的声音。

"怎么了,突然打电话。"

"因为我听到了一个新的消息,太兴奋了,所以给你打电话。你现在说话方便吗?"

"我没关系,你呢?你不是在保健室吗,没关系吗?"

"没关系的。现在没有别人。"松本兴奋地说着,"那个,是关于'一年级的梨香子'的事。"

是那个事,我一惊。

从昨天开始,茉莉花的学生手账就在我的脑中挥之不去。

虽说,这个问题直接问她本人就可以解决,可我心中像是挂了一层雾，有点沉重。

"之前，你不是跟我说过，好像摄影部里有梨香子的照片吗。我虽然没找到那照片，但是从保健室的主人那里，听到了有意思的传闻哦。"

"保健室的主人？"

这又是啥呀？但我并没有多问。松本继续说道："摄影部的某个成员曾经拍到过谁都不认识的女孩子的照片，这似乎是事实。你说的那个传闻貌似是真的。"

"谁都不认识的女孩子？"

"对。摄影部的人说，她穿着咱们高中的校服，但是哪个年级里都没有这么一号人。所以大家都说，那可能就是梨香子。而实际被拍到的，正是松本梨香子——去世的那个学生。"

"原来如此……"

"而且，那个拍到她的人是谁，我已经知道了！"松本连珠炮似的说着，"好像名叫松橘堇。说不定，摄影部里还留着她拍的照片呢。好让人期待啊！"

松橘堇？

这名字让我觉得有点蹊跷。

怎么回事，好像听过又好像没听过。

"啊，不好。老师回来了。放学之后再说啊。"

松本说完，没等我说什么就挂断了电话。

松橘堇。松橘堇。只不过同样是"松"字开头的名字吧。我身边的人中，名字读音以 M 开头的人意外地多呢。松本、茉莉花、村木、三轮……① 怎么回事，难道我是"只能跟名字以 M 开

---

①这些名字在日语中的读音分别为：まつもと（matsumoto）、マツリカ（matsurika）、むらき（muraki）、みわ（miwa），都是以 m 开头的。

头的人自由交流星人"?

突然有一道人影,我抬头一看,吓了一跳。长长的黑发,苍白的肌肤。有一刹那,我还以为站在我面前的是茉莉花。但不是她,是村木翔子。她身上带着阴郁的气息,正侧头看着我。

"柴山,"她唤道,慢慢抬起手,指了指我旁边的空位,"我可以坐这儿吗?"

"啊,当然、当然。"

我往边上挪了挪。村木默默地坐在了我旁边。微风吹来一阵女孩子的香气。她打开手里的塑料袋,拿出在小卖部买的三明治。一言不发。

"那个,"我试着说些什么,紧张地喘着气,"你,有什么事吗?"

村木小口地咬着三明治。蛋黄酱沾到了嘴唇上,她从齿间伸出粉红的舌头,快速地舔掉了。我被这个举动撩动得心神不宁,等她回话。大约过了有十秒钟,她终于开口。

"没事啊,不可以吗?"

"啊,不、不是,当然不是。"

我一手拿着吃了一半的炒面面包,四处环顾。平时不大熟的女生在我身边一坐,我有点不会吃东西了。

"要是觉得孤单了就到我身边来,"村木一边说,一边怔怔地望着教学楼的方向,"这不是你说的吗?"

"啊?"我差点呛出鼻水,咳了好几下,"我不记得我说过这样的话啊……"

"嗯,也是。"

她拿着三明治,笑了。我好像是第一次看到她笑。

"不过,你说的话在我听来,就是这个意思。"

"什、什么话呀？什么时候的事？"

"什么时候来着，"村木看了我一眼，"不知道，算啦。"

我低头回想着。我跟村木一共也没说过几次话。这么帅气的台词，我不记得自己何时说过。她跟我开玩笑呢？

"柴山，你还在打听松本梨香子的事吗？"

"也没特别打听。"

这又让我想起手账的事，心中一沉。

"柴山，你是不是对灵异事件什么的感兴趣？"

"倒也不是。要说的话，其实我不太相信有幽灵什么的。"

"那你一定觉得我是个奇怪的人吧。"

她这么直接地问，我不知该怎么回答。

说实话，我一开始是很迷惑，现在也觉得她这个人有点奇怪。

"没事啦，你这是很自然的反应。或者说，我就是想要这样的反应。"

我想起她当时说的话。

多余的窥探——

可是，我却越过界线，探究了她的身世，心里觉得有点抱歉。

"话说，村木你为什么在意松本梨香子的事呢？"

她曾一个人站在松本梨香子跳下去的地方，把松本梨香子当作一个看不见的朋友。让人觉得，她对松本梨香子有着什么特殊的感情。

是啊，为什么呢？她想了一会儿，说道："我被那个传闻吸引了吧。她明明在那里，却又不存在，与谁都没有交集。这听起来有一点伤感，又有一点寂寞。"

村木仍然看着教学楼的方向。我没有刻意看向别处，受她影响，也看向教学楼，能看到一年级的学生们在楼道里打打闹闹，敞开的窗户里传出女生开心的笑声。

耀眼的光,像能融化掉我们一样。

她是把自己当成松本梨香子的幽灵了吧。

无法与任何人有交集,只能远远地望着这耀眼的光。

"我小时候,"她低声说着,声音小得我不仔细听就听不到,"有一个想象出来的朋友,希望你别笑我。"

她快速地瞥了我一眼,难得地露出害羞的表情。我点了点头。我不笑,不会笑的。告诉我吧。当时我是这么说的,什么都好,村木你的事,我都想知道。

虽然我可能什么都做不了,但听你说一说,还是可以的。

"当时,我的感觉可能跟给娃娃起个名字什么的差不多,想象她的样子,喜欢什么漫画,喜欢吃什么,喜欢聊什么。在我自己都没意识到的情况下,已经编出了好多。"她咬了一口三明治,有点害羞地笑了一下,"我以前就很怕生,在人前不敢讲话,所以一个人的时候或者睡觉之前,就会跟我想象中的朋友聊天。不过,妹妹出生之后我就不再那样了。"

我本想说点什么,但是听到"妹妹"这个词,又沉默了。

"大家之所以看不到她,是因为她是幽灵——这个情节设定很合情合理吧。"村木望着远方的某处,就像看着小时候的自己,表情怔怔的,"因为有了妹妹,所以她就不见了——她看我不再是孤单一人,所以放心地离开了,肯定是这样。"

接着,她又小声说:"人从梦中醒来,都是因为意识到自己是在做梦。"

我看着她的侧脸,问道:"这……是什么意思?"

"那个朋友对我来说,是真正的朋友。我那时候太小,连那是我自己想象出来的事都不记得了,以为那个人是真实存在过的。那是很久之前的事了,所以也记不太清。"

"小孩子的想象力是很惊人的,我懂。"

"嗯。但是,后来有了妹妹,我不再是一个人,没有必要再躲在自己的世界里。所以,我才意识到那个朋友是我的一个梦。才知道那并不是现实。那一刻起,她从我的世界彻底地消失了。"

我听着她的话,点点头。

我想起姐姐了。

"后来我跟妹妹分开,到了这个学校,听到'梨香子'的传闻,我想起了以前的那个朋友。老师说,曾经有学生从那里跳下去,所以我对那个地方就有些在意,对松本梨香子也很好奇。跟你讲那些,也是因为这个原因。"

"我,是个怪人吧。"村木脸上带着笑说道。耳尖从长长的黑发中露出来,略微带着潮红。

"好像有点不好意思了呢。你就当没听见吧。"

她用手挡着脸,咯咯笑着。如果是我问了什么不该问的事,我很抱歉。不过……

"我也有类似的经历。这样的事,谁都有的。"

我只说了这么一句,便低头看向地面。

我也曾像她想象出一个不存在的朋友一样,在想象中否认着姐姐的死。给姐姐打电话,反复读姐姐的邮件,不接受姐姐已经不在了的事实。

我以为只要一直坚持这样做,说不定什么时候姐姐就真的回来了。

哪怕只是在想象中也好,是假想的也没关系。如果没有幽灵的话,如果没有那边的世界。无论什么形式都好,我只希望姐姐能回到我身边。

课前预备铃响了。

我抬起头,看着村木。她平时总是一脸淡然,现在却像是害羞似的垂着眼。

"村木,你的那个幽灵朋友,已经好好地离开了吗?"

我这么问着,心里思索着自己。我已经接受姐姐去世的事实了吗?

村木瞧了我一眼,然后表情恢复冷静,笑了一下。

她没有回答我的问题,而是说:"柴山,我们下次也一起在这里吃午饭吧。"

5

放学了。我正在收拾东西,高梨重重地拍了一下我的肩。

"柴山,我这儿有个事,特别适合你这个幽灵猎人哦!"

"不知道你在说什么……"

高梨并不在意我的一脸嫌弃,继续兴奋地说着。

"考试结束之后,咱们去魑魅魍魉恣意的城堡探险吧。这是不是很适合你?我会叫上茉莉香的,不过那家伙怕生,不知道她会不会来。"

"那个,麻烦你用我听得懂的话讲。"

我一头雾水。

"就是说,要去跟'一年级的梨香子'有关的地方探险。简单来说,就是试胆大会啦。"

"试胆大会?"

"夏天要过去了呐。"

"现在还是六月……"虽说我们已经换上了秋季校服,但离夏天结束还为时尚早,"而且,与'梨香子'有关,是什么意思?"

"学校对面不是有个废弃的大楼吗?"我一听这话,浑身一凉。

"那里似乎能进去呢。那地方挺吓人,一直都是著名的灵异地点哦。有人说那可能就是'一年级的梨香子'住的地方，还有人说她其实是从那里跳下去的什么的……"

"然后呢，要在那里搞试胆大会？"

"正是！我会带其他班的女生一起来的，这不正是你这个幽灵猎人一展身手的好机会嘛！"

高梨越说越兴奋，身子靠过来。我被他压在桌面上。

"别别别，那个大楼，还是不要去的好。"

大事不妙。在那里住的不是"一年级的梨香子"，而是以非常手段住进去的像吸血鬼一样的女孩子，而且她平时穿着非常不注意。在那种到处都是人体模型，像停尸场一样的地方，跟魔女相遇的话，肯定会让大家体会到惊人的恐怖。嗯，这可能还真是适合试胆大会的场所。

"为什么呀？"高梨按着我的肩问道。好热。太热了。"难不成，你能感应到危险之类的？"

"对，没错。"我努力从高梨身下挣开，使劲点头，"可能会被什么东西附身的，还是不要去的好！"

"不过，这事儿已经定下来了啊。你的忠告我收下了，到时如果真遇到什么危险，那就麻烦你帮我施法驱鬼啦。"

"都说了，我没那本事啦。"

"你这人真扫兴。"高梨笑道，"好啦好啦，怎么样，你到底来不来？"

他竟对我这种人发出邀请，我很感激。

但是，怎么办啊。我肯定不能跟他们一起去茉莉花住的地方探险啦。得想办法把这个事告诉茉莉花，让她阻止高梨他们的试胆大会才行。

"不了，不好意思，难得你叫我，但是我还有点事。"

我拎起书包,准备要走。

"哦,这样啊,好可惜。"高梨用手挠着头,笑着说,"好吧,你要是有空了要跟我说哦。"

"好。但是,我还是觉得你们换个地方比较好。"

我再三强调之后,与高梨分开,出了学校。

又多了一个不得不思考的问题啊。无论如何,还是先跟茉莉花通报一声才好。

我出了校门,先走了一阵,确定没有人看到我,才走进废墟大楼。

我爬上跟昨天一样暗的楼梯,看了眼四楼的观测室,那里没有茉莉花的身影。窗子还是关着,一片煞风景的样子。也许她在卧室。

我跑上楼梯,去看她的卧室。

我看到了她,有点不真实的背影。

"茉莉花——"

我一叫出口就意识到,这里是跟昨天一样的。

开着的窗子吹进来湿湿的风。平整的床单上,映着酒红色的夕阳。床上放着叠好的校服、背心、袜子、领带。旁边的桌子上放着装有华夫饼的袋子。

在这个有如墓地般散落着人形模特的地方,我看到的并不是茉莉花,而是挂着她的外套的人形模特,是一个没有灵魂的娃娃。

"茉莉花!"

到处都找不到她。我走到桌边,看了下装华夫饼的袋子。

没有人动过。

她还没回来吗?"回来"这个词也许有点不恰当。虽说她本人声称住在这里,但这一切都那么不真实。

我用手摸了摸她的床单，不是出于邪念，而是单纯地想去确认一下。确认一下有没有她的体温。

然而我手中感受到的，只有夏天的潮气。这房间里一切的一切都让人觉得窒息。

她从没有这样连续离开过两天。

我的心头被一阵不安占据了。

她到底去了哪里。

对了，我想起来了，赶忙从衣袋里掏出手机。给她打电话是最快的了，试胆大会的事也得快点告诉她。还有手账的事，如果能听她本人解释一下，我的烦恼也就解决了。

按电话键的手指无比沉重。

电话很快通了。

"您所拨打的号码是空号。请确认号码后再拨。"

机械的女声。我愕然了。再次确认手中的电话，又拨了一次。我的手指在颤抖。

"您所拨打的号码是——"

还是一样。我又打了好几次。为什么突然成空号了？她换号了？可是应该事先告诉我一声啊。

莫名其妙。我感觉身体像是被抽空了，站也站不住，我蹲了下来。不安的心跳得咚咚作响，我似乎能听到自己体内骚动的血液在流动。我紧紧抓着胸口，拼命咬着牙忍住浑身的战栗。想多了，想多了，是我想多了。这是我的坏毛病，什么事都往坏处想。从那时起，从那天起，我就变成这个样子。我会想她是不是出事了。是不是再也见不到她了。自从姐姐再也没回来的那天起，我就变成这样了。

是我想多了，我知道。但是，连续两天都不见她的人影，这太奇怪了。出什么事了？生病了？还是遇上什么事故了？还是，还是——

从我眼前，消失了？

我背靠着床沿，抱起双膝。心跳声还在不停地咚咚作响。电话不通，突然就失去联系什么的，太奇怪了。对了，邮件！邮件怎么样？我拿出手机，用颤抖的手敲着字。

"你在哪儿？"

短短的一句。按下按键的一刻，手机震了一下。来邮件了。是英文的错误提示。提示说我发的邮件地址不存在。

地址不存在。

不仅是电话号码，她连邮箱地址都换了？

到底是为什么。

突然，我感觉身边有人，抬头一看。

只有不会说话的人体模型，穿着茉莉花的外套，像雕像一样立在那里。

"茉莉花。"

没事的，她很快就会回来的。我用力按着像要裂开的胸口，等待着。一小时。两小时。夕阳变暗，慢慢地落下去，房间被黑暗笼罩。又过了一小时。两小时。我一直抱着双膝，等待着。其间，妈妈打来了电话。我说今天晚上住朋友家。

今夜，我要在魔女的城堡里度过。

一个人，等待。

胸中的雾霭，伴着孤独，驱走了睡意。

黑夜静静地到来了。然后，随着小鸟的鸣叫，天空又渐渐转亮。

直到早上，她也没回来。

6

那之后，她就真的从我眼前消失了。

即便如此，生活还在继续。

考试临近，所有的社团活动都暂停了，校园里比平时更安静。我不怎么好好念书，可天天早出晚归。妈妈还以为我每天都在图书馆认真学习呢。从去年开始我的成绩有所进步，所以她也挺放心的。姐姐去世那会儿，我不去学校、不学习，成绩一落千丈。不过即使这样，也总算是考上了高中，现在成绩又有所进步，妈妈很欣慰。可我却辜负了妈妈的期待，这样每天早出晚归，却与学习毫无关系。

我在找她。

去魔女的城堡找她。每天早上上课前，我会先去看一眼她有没有回来。每一天，叠好的校服，没人吃的华夫饼，一切都是原样。我不懂。到底是怎么回事。她到底去了哪里。为什么一声不吭地消失了呢。我越想越不安，五脏六腑都要碎掉了一样，孤单得无法忍受，眼泪都要流出来了。是事故、生病、失踪，还是别的什么？电话打不通，可能是她设置了来电拒接。她想躲着我？她不需要我了？我想了很多的可能性之后，不断地对自己说，她明天就会回来的，明天就会回来的。但是，当我扔掉已经坏了的华夫饼的时候，直觉告诉我，她不会回来了。这个熟悉的地方已经没有她的身影，目之所及的一切都让我感到痛苦。后来，我干脆只是早上过来看一下了。

考试周每天放学后，高梨会叫上我，跟他们几个男生一起去车站。当然，跟他们在车站前吃的，不是我见惯了的华夫饼之类的点心。高梨推荐我吃炸肉饼，我一边品尝着多汁的肉饼，一边听他们讲话。吃完东西，我们边走边对今天考试的答案。宫内有点担心的那道题，我很有信心。我加入他们的讨论，说出答案的时候，他发出一阵有点有趣又有点奇怪的惨叫。高梨大笑着，我也笑了出来。不可思议啊。为什么，我可以这样跟他们在一起呢。跟他们一起吃肉饼，一起这样笑着。

不知从什么时候开始，我不再是一个人了。

曾经那么向往的圈子，高梨让我加入进来。

可是为什么，我还是如此痛苦、如此寂寞呢？

我望了望身后走过的路。

学校的楼道，放学回家的路。每每与女生们擦肩而过，我都会回头，屏住呼吸，望一眼。每每遇到个子高高的、头发长长的女生，我都会用目光追着她们的身影，心中满是不安。

我好想叫她的名字。

"怎么了，柴山？"

考试结束后的第二天，放学回家的时候，我与终于解放了的大家方向相反，望向那个废墟大楼。听到高梨问我，我摇了摇头。

今天早上，那里也还是老样子。

到底，去哪里了。

茉莉花。

"没事。"

我低落地垂下眼。这时,手机震了。

我一惊,忙掏出来看。

可惜,是松本的电话。

"喂。"

"啊,小祐!"与呆呆的我相反,她的声音很有力量,"你快来摄影部,有重大发现!"

我都没来得及问一句,她就挂断了电话。

她说的话不能坐视不理。我跟高梨说了一声,就掉头回学校去了。

社团活动室里又窄又闷,长长的桌子上铺满了相册。三轮部长和松本正在一边说话一边翻找着什么。

"啊,小祐你来了。快,快过来坐。"

松本动作轻快,给我搬了把椅子。

"那个,你说的重大发现是?"

"松橘堇拍的照片,摄影部里还有哦!"

她手指着桌上的相册,语速很快地说。

"我们没想到,她竟比我们大不了几届。只比三轮部长高一个年级。"

三轮部长点了点头,用手拨弄着马尾辫的发梢,翻开了一本相册,里面有好多色彩明快的照片。

"漂亮吧。松橘学姐真的很擅长拍特写,拍的照片特别生动。她说过,拍这张照片,是她从其他前辈的照片得到的灵感,并不算是原创。所以我是学不来的。她的照片十分独特,让人一眼就能认出是她拍的。"

色彩对比强烈,红色和紫色,黄色和绿色,照片里的景色像是加了一层玻璃纸一样,鲜艳而奇妙。这个景色,我似乎在哪里见过。我忽然记起,松橘这个名字,似乎也是那个时候听到的。

"啊,对了,说起来,我们发现这些照片的时候,柴山你也在呢。"

我点点头。那是二月份的事了。三轮前辈在整理过去的相册时,找到了一些名叫松橘的人的作品。

"好像,那时候的也是个叫松橘的人。"

"没错。我一年级的时候搬了次家。"

就是在那个时候,找出了这些照片——

我盯着松本翻相册的手,愣住了。

"据说,那个叫松橘的前辈所拍的照片中,就有去世了的梨香子。我们查了一下,她的照片里有一个人经常出现。你看。"

松本说着,翻了一页,好几张照片挨着摆在相册里。

深红的雾气中,孤傲地站着一个女生,正望向这边。

照片里的是茉莉花。

松本的话语一下子变得模糊不清。

"我们查看了一下剩下的相册,发现松橘前辈拍了好多这个女生的照片。而且据三轮部长说,当时摄影部的人里,只有松橘前辈认识这个女生。别人谁也不认识。也就是说,照片里的就是松本梨香子本人。"

茉莉花,就是松本梨香子。

那不可能。绝对不可能。确实,茉莉花也是谁也不认识的女生。而且真名可能也叫松本梨香子。但是,但是。

我呼吸急促,看了一眼三轮部长。

"不对,"我笑着反驳道,"三轮部长,这个人,你是认识的啊。"

"我都是听松橘学姐说的,并没有真的见过她。据说她长得特别漂亮,所以大家都想让她当模特,可是谁也不知道她是哪个年级哪个班的。不过,还是说不通,是吧。她穿着咱们学校的校服,领带又是胭脂色的,而且又是松橘学姐的朋友,当时应该是高三才对啊。"

我感觉肺部震颤着,艰难地呼出一口气,又看了一眼桌上的照片。

茉莉花,就是松本梨香子。

"可是,"部长接着说道,"如果是那样的话,这就是灵异照片了吧?我觉得不可能。如果是幽灵,怎么可能这么多张都照得这么清楚。"

"我想到一个也许说得通的可能,你们要听听吗?"

松本举起手。

"假如,这个松本梨香子是最近才去世的,如何?我们先入为主地把'一年级的梨香子'和松本梨香子想成同一个人,以为是因为松本梨香子的死才出现了那个传闻,但实际上,如果事实正相反呢?也就是说,'一年级的梨香子'的传闻早就有了,在那之后松本梨香子才去世的。这样想的话,拍这些照片的时候,松本梨香子还活着,这个假设你们觉得成立吗?"

"嗯——"三轮部长松开手里的马尾辫,按着太阳穴,问道,"不好意思,我没听懂,你说的是什么意思?"

"松本梨香子自杀是在三轮部长入学前不久的时候,对吧?所以你自然不知道学校里有女生自杀的事,也不认识松本梨香子。但是,比你大一级的松橘前辈,她既有可能认识松本梨香子,也可能拍得到她的照片。所以这些不是灵异照片,而是她去世之前拍的。如果是这样，那找遍全校，也找不到照片中的人，也就讲得通了。你们这届新入校的学生不会知道之前有学生自杀的事，校方对这种事情肯定也是讳莫如深。前辈们也不愿多讲已经去世的人的事，所以就把照片里的人说成是一个不存在的人了吧。"

"啊，原来如此……"三轮部长长叹一声，"原来是这样，我觉得有这个可能。"

"不对不对不对，这太奇怪了。"

我下意识地喊了出来，把自己都吓了一跳。我指着相册，说道："不是还没确定这个就是松本梨香子吗。刚才的推理都是以这个人就是松本梨香子为前提的，可是并没有证据证明她就是松本。也许她是其他学校的学生，只是偶然穿了我们学校的校服，这也说不定啊。"

"确实，也不是没有这个可能。如果我们有办法证明这个人就是松本梨香子本人就好了……知道当时情况的老师，会不会告诉我们些什么呀？"

跟我们关系比较熟的、在这里工作了四年以上的老师，没有这样的人啊。松本叹着气。

"要这么说的话，也许还真有个办法。"部长打了个响指，"今年春天，芳泽老师休育儿假回来了。她在休产假之前，一直是摄影部的指导老师。说不定，关于这张照片里的女生的事，她会知道一些。"

"这是个敏感的事呢，老师会告诉我们吗？"

"至少会告诉我们这照片里的到底是不是松本梨香子吧。或者，她如果不愿意说，那就说明我们猜对了。要是不是的话，她肯定会说不是的。"

"有道理,这确实可以一试呢。"

不可能。

她们肯定想错了。这些照片里的,肯定不是松本梨香子。是茉莉花。不是那个跳楼身亡的女生,也不是传闻中的那个"梨香子"。在照片中,静静地站着,盯着这边的,肯定是住在废墟大楼里的那个魔女。即使名字相同。要不然就太奇怪了啊。这些事都说不通。

"估计芳泽老师现在就在办公室呢。"

"择日不如撞日。咱们现在就去吧。"

松本把照片从相册里抽了出来。

我想说点什么来反驳她们。同时,我又想,为什么我这么着急呢?她们肯定错了。去办公室问一下芳泽老师,就知道是她们错了啊。可是,我为什么如此害怕?

可是……

"喂,小祐,走啦!"

松本拉着我的衣袖,我跟跟跄跄地走出了社团活动室。三轮部长走在最前面。

可是,如果照片里的人真的是松本梨香子的话,就是那个跳楼自杀的女生的话,茉莉花——那个魔女的名字就在我嘴边。写在学生手账上的名字,松本梨香子,如果她们俩是同一个人的话……

我该如何解释,自己跟已经去世的人之间所有的对话呢?

不可能。我不需要担心的。肯定是我想多了。这都是猜测。我能感觉到,脖子上有汗水滑落,紧紧握着的手也汗湿了。不可能。如果真是那样,那茉莉花岂不成幽灵了?

不知不觉间,我们已经到了办公室。三轮部长正在跟谁说着话。我们被让进办公室的里间。我胸口冒着阵阵凉意,机械地跟在松本后面。三轮部长正在跟一位女老师交谈。那个就是芳泽老师吧。松本也上前去了,她拿出放在口袋里的照片,交给芳泽老师。

"这张照片,这是松本梨香子的照片,没错吧?"

芳泽老师拿着照片,眯起眼睛看了看。然后,脸上浮现出很怀念、很怜爱的表情,静静地点了点头。

"对,没错。好怀念啊,这正是松本的照片。"

7

到昨天为止还普普通通的世界，一下子崩塌了。我胸口的凉意袭遍了全身，所有的血液都冻住了一般。我脚步不稳，跌跌撞撞地跑出办公室。我听到松本在身后喊我，依旧逃也似的跑了出来。我不懂。这不可能。太奇怪了。肯定什么地方出了差错。这绝对有问题。

我一边跑，脑中一边过电影般地回忆着之前的一幕幕。很多之前不愿多想、不愿正视的事实——浮现，为什么我之前就没注意到呢。

——跳下去死了，就一了百了了。

有人从窗口探出了身子，仿佛要跳楼一般——

——那是新生的领带换成胭脂色的时候的事啦。据说梨香子是一年级的时候去世的，所以还是以当时的样子现身才对啊。

身体撑起，浑圆的双丘格外显眼。双峰间胭脂色的瀑布——

——所以呢，她会喷香水来遮盖自己身上的味道。而她喷的香水的味道又很特别……

软柔的风送来一阵草莓的香气——

——柴山你知道吗？传闻说，松本梨香子就是从这里跳下去的。有人说"一年级的梨香子"其实就住在那个大楼里，也有人说其实她是从那儿跳楼的。谁知道呢，死过人的地方，多少有点瘆人。据说时间一到，她就会消失。要是谁不经意地拍到混在一年级新生里的她，就会像之前你拍的照片一样感光。要这么想，那我之前拍的照片，说不定就是偶然地拍到了"一年级的梨香子"也说不定呢。的的确确就在这里，可是并不真的存在。我有一个想象出来的朋友。大家看不到她，因为她是幽灵。

小心不要被松本梨香子的幽灵附体哦——

我腿一软，向前倒了下去，脚上趿拉着的鞋也掉了。我不知道自己这是要去哪儿，嗓子里有一股血腥味儿。茉莉花，就是松本梨香子？茉莉花。松本梨香子。原来如此，把姓氏松本、名字梨香子的发音缩略一下，就是茉莉花啊……① 我顶着迷迷糊糊的脑子，慢慢地站起身。这时，裤子口袋里的手机震动了起来。我有些害怕，不敢呼吸，战战兢兢地掏出手机一看，是高梨打来的电话。我犹豫了一会儿，可电话一直固执地响着。我屏住气，接通了电话。

"干吗？"

话一出口，我便对自己这粗暴无礼的语气感到惊讶。

"哦，终于接电话了。是这样的，柴山，试胆大会的事儿，你到底来不来？"

真可笑。试胆大会？

幽灵，不就在我眼前嘛——

---

① "松本梨香子"的日语读音是まつもとりかこ（Matsumoto Rikako），缩略一下，只取姓和名的前两个音节的话，就是マツリカ（Matsurika）。

"刚才我去看了一下场地,那里也没有什么吓人的东西。我还以为能有什么了不起的呢。"

"看场地?"我声音发干地问。

"夏天的废墟,嗯,现在说不定有人住呢。那种地方总不好带女生去吧。但是话说回来,要是什么都没有,大家也会觉得无聊。也许到了晚上那里的气氛会不一样一点儿吧。"

"什么都没有吗?"

"收拾得很干净呢。我还以为能有点什么,就像是谁在夜里突然跑路了,乱七八糟地留下些什么之类的。"

"模特什么的,人形模特什么的,床、浴缸,都没有吗?"

我的声音在发抖。

"哈?模特?要是有的话,倒是会很有气氛呢。什么都没有。我每层都看了,就有一些办公桌。"

"这样啊。"

举着手机的手突然一软。只要一松劲儿,我马上就会晕倒。我慢慢地挪着步子,就像身上在不住地往外淌血一样。高梨还在说着什么,但是我也不知道自己什么时候把电话挂掉了。这样啊,我意外地接受了。原来是这样,那里真的什么都没有啊。大望远镜,大床,散落一地的人形模特,我做过习题的矮桌,地上铺的坐垫,插着飞镖的墙壁,我费了半天劲才装上的门链,支脚是猫腿形状的浴缸。一切的一切,都不存在,都是只有我才看得到的幻象。抑或是我的想象,还是说,那是幽灵制造出来的幻境?

我想朝校门口方向走,可是身体却动弹不得。怎么办?我该怎么办啊?我要确认了那里什么都没有之后,去接受现实吗?茉莉花只是个幻影,是幽灵,已经不存在于这个世界上了。这样的现实,我要接受、要承认吗——

我感到体内的血在流失，记起了姐姐去世时的场景。我听到姐姐去世消息的瞬间，感觉体内全部的力气和血液都被抽干，站也站不住。当时我立马吐了出来，现在舌尖还有那时吐了几次之后的味道，从胃部返上来的带着恐惧的味道。不行了。要站不住了。余光看到一个长椅，我忍着要吐的感觉，走到那个长椅上坐下。心脏咚咚咚地跳着。不论我怎么跑，怎么哭，我的心脏都从没这样闹过。感觉眼底很热。我不明白，紧握着手机，给茉莉花打了电话。没打通，就像我每天给已经去世的姐姐打的电话一样。

我一直以为幽灵是不存在的。

不过，我想与她相连。

哪怕一次也好，想与已经去世的人相连。

再也无法见面了。

太残酷了，太残酷了啊。

我好想见见姐姐，想与姐姐心心相连。我一次次地拨打电话，希望我的呼唤能随着看不见的电波信号，飞向不知何处的远方，飞到姐姐的身边。好想联系上姐姐，我一直这样期望着。就是在这样的时候，我遇见了她。那时，我看到她在大楼的窗口，脚步飘忽，眼看就要跳下去似的。她是个高傲的魔女，却不可思议地改变了我的生活。这一切似乎都发生在一瞬间。像被施了魔法一样。像被什么附身了一样。

我很开心，很高兴。她教给我好多好多，带我看了好多好多。可是——

"为什么，事到如今，你却消失了呢……"

原本，她就是不存在的吧。我该怎么想才能得出一个合理的解释呢。她是这个世界上本不存在的幽灵？还是说，她是我潜意识里编造出来的幻象？像村木虚构出的朋友那样，我也受名叫松本梨香子的幽灵的传闻所影响，空想出了一个她吗？我知道，现实世界和幻想世界之间的界限是非常模糊不清的。我看到的、摸到的、听到的、感觉到的，这些通过身体五感而感受到的一切，都不过是我意识中的一个幻象，是属于现实世界的大脑和身体展示在我意识之中的。只有我看得到，只有我听得到，只有我摸得到。这一切的一切，都可以用想象来解释，就像我否认姐姐的死那样。

眼泪流了出来。我搞不懂。心绪十分纷乱。那我心里的这分悲伤又是为什么呢？是什么让我的心感到如此绝望呢？因为见不到她？因为她已经死了？还是因为她的存在本身就是虚构出来的？

我们一直在一起。一直一直是在一起的啊。我不清楚是什么原因让一切变成了现在这样。也许有过什么前兆，却被我愚蠢地漏掉了。也许，我得知她的真实姓名的那一刻，就意味着这一切变化的到来。

人从梦中醒来，都是因为意识到自己是在做梦——

我已经意识到了。意识到她就是松本梨香子，意识到她已经去世了，意识到了这所有的现实。可能，我再也无法跟她相见了。我连确认这一点的勇气也没有。因为，因为……

"柴山。"

有人一次又一次地在叫我的名字。我终于回过神，抬起脸。我痛苦地呻吟着，困惑与绝望已经盖过了难为情，让我露出狼狈不堪的表情。

"柴山，你怎么了？哪里疼吗？是不舒服吗？"

我摇了摇头。不是疼，也不是不舒服。

但确实哪里有些疼，而且非常非常不舒服。

我感到有人在温柔地抚摸我的背。小西脖子上挂着照相机,她坐在我旁边,望着我。

"你怎么了?没事吗?要不要去保健室?"

我摇了摇头。

"你很难过?"

我点点头,紧咬着牙,不让泪水掉下来。过了好一阵子,我才清醒地意识到,正有个女孩坐在我身旁,担心着我的状况。羞愧之情涌了上来,心绪烦乱。

她温柔地抚着我的背,我紧紧地闭上眼。

"没事的,"小西说,"没事啦。"

"没有,没有事。"

不对,不对的,不是没事的。很重要的人消失不见了啊,不存在了啊,再也见不到了啊。

"我以为好不容易找回来了。可是,现在这样,岂不跟姐姐一样,一样的下场啊。"

我用手抹着不争气的眼泪。是想象也好,是幽灵也罢,松本梨香子已经死了。茉莉花已经是个死人了,跟姐姐一样,是个不可能再找回来的人。不可能重新来过的过去,毫无希望的未来。我能做的事,一样都没有。

我一直想知道。如果我能对姐姐有更多一点了解的话……

所以,我一直想了解茉莉花的事。

可是,已经死了,简直太过分了。

"再也见不到了吗?"

她静静地问我,带着悲切的鼻音和吸鼻子的声音。

我刚要点头,却犹豫了。我还不知道是不是再也无法见到她了。如果我已经从梦里醒来了的话,那可能是再也见不到了。我不知道,不去那里确认一下的话,还不知道。

不过,要是那里真的什么也没有了呢?

"如果是我,我会去,绝对会去的。因为去了才不会后悔啊。"

小西简单明了地说。她说得简单。

但是,一想到可能真的见不到她了,我就很怕,很怕啊。如果像高梨说的,那里什么都没有了的话,我的梦就彻底醒了。去确认这件事,就像去确认一个脑子里的妄想,真的太可怕了。对着人体模型,戳破现实,认清那都是自己一个人的独角戏。这太可怕了。

而且,如同我对姐姐也什么都做不了一样,如今的我,仍然什么都做不了,不过是更清楚地认识到自己的无能为力。

无法重新来过。即使姐姐复生,我也会再次失去她。仍旧什么都做不了,只会像现在这样丢人地哭。很没用,很弱小。没有一点儿用。存在感为零。没有勇气的祐希[①]——

像我这样的人,像我这样的人……

"柴山!"

我的额头被重重地敲了一下。疼痛太过剧烈,让我身子直向后仰。那一瞬间,我感觉忘记了一切。一瞬间,我似乎只感受到一阵令人舒心的香气,还有额头的疼痛,像是被手球猛地打了一下似的。

"好疼!"

叫疼的是小西。她捂着额头,蹲在地上。我不知道发生了什么,怔怔地看着小西慢慢抬起脸。

[①] 日语中"勇气"一词的读音是ゆうき(yuuki),与"祐希"这个名字的读音相同。

"我最讨厌你这一点了!"

眼镜后面大大的眼睛里含着泪,小西抬着头瞪着我。

什么?她在说什么?我听不懂。难道刚才是她用头撞了我?为什么呀?

"你这个样子,磨磨唧唧、犹犹豫豫的,这个样子我最最讨厌了!看着你我就特别特别烦躁!"

被骂了。

"柴山你既不是没用,也不是没有存在感,更不是没有勇气。可你却在心里躲躲闪闪地,自以为是地给自己下定义,我最最讨厌你这个样子了!超级讨厌!!"

我似乎被讨厌得很厉害呢。

小西捂着撞得通红的额头,低下了头。

我呆呆地望着她乌黑的短发。

"不是,可是……"

"可是什么可是!"

小西对我喊道,我只能看到她的头顶。我条件反射似的一抖。

"至少,对我来说……柴山,你……"

她的表情被刘海儿和捂着额头的手挡住,我看不到。

刚刚颇有气势的声音渐渐变小,变弱。

"上次的事也是,我特别开心。都还没来得及好好跟你道谢。"

"上次的事?"

"密室胶卷被害事件啦。我听部长说了。我知道你为我、为部长都想了很多。"

"不过……"

我说不出话了。我想否认说"那不是我"。可真相又是如何呢。那件事，虽说并不直接，但也是茉莉花给了我提示才解决的。不是我一个人做到的。"不过什么不过啦！"小西吼着说，"我很开心，这就足够了。柴山，这就足够了啊。哎呀，你、你怎么就是不明白呢。笨蛋！你去死好啦！"

又被骂了。还让我去死。

"所以呢，你到底是去还是不去？你就光坐在这哭哭啼啼，念叨着'我什么都做不了我什么都做不了'是吗？"

一阵风吹过来，暖暖的。现在我已经不需要绷着力气，体内纷乱的各种情绪也不会像是要冒出来，我觉得已经都控制住了。我擦干了眼泪，额头还是疼得我皱眉。超级疼。怎么办，说不定头盖骨让她撞裂了。小西她没事吗？

她把手从额头上拿开，但并不看我。坐在长椅上，盯着地面。无力地垂着的黑发，白白的发旋，都映着夕阳的光。

"那个，"小西说道，"那个你再也见不到的人，是你喜欢的人吗？"

我捂着额头。没关系，没有出血。我把目光移开，点了点头。

喜欢的人。

"嗯。"

"这样啊，"小西说，"那，你要加油哦。"

"小西。"

我慢慢地站起身，低着头。她不知为什么，背对着我。刚才她把我一顿臭骂，估计很烦我了。

"那个，谢谢你。"

她抬起一只手，像轰苍蝇似的摆了摆。怎么办，我真的是被她讨厌了。

不过，她说的话让我很开心。拿头撞我也好，骂我也好，这些都让我很开心。我感觉心中涌出一股不可思议的勇气。我跑了起来。就像她说的，在这里磨叽也无济于事。不论事情会如何，不论有没有我可以做的事。我都必须去见茉莉花，必须去那个废墟看一看。

"鼓起勇气咯！祐希！"

背后传来小西的声音。我回头一看，她正朝我挥手。

我用力挥了挥手，然后接着向前跑。

穿过校门。

奔向那个魔女的城堡——

8

光照不进来,房间里很暗,我靠着手机屏幕的光亮爬上楼。与以往相同的场景,相同的气味。高梨说这里什么都没有,可我看这里跟以往并没有什么不同。难道这些都是亡灵给我看的幻象,还是我潜意识制造出来的假象?我不知道。

到了五楼。雨窗①开着,酒红色的阳光照进来。一切都与平时无二,楼道也还是老样子。我用手按住紧张得像要裂开的胸口,走向她的卧室。不知道她有没有回来,也许,她已经从我眼前消失了。就算是那样,最后的最后,我也要亲眼确认才行。

房间的样子映入眼帘。

地上映着好多人形模特的影子,像战场上的遗骸一样。她的豪华大床上废品成堆。墙壁上装饰着古色古香的三叉蜡台,还有色调淫靡的蜡烛。角落里堆满了妖艳的剪影画,似乎随时都会动起来。

在开着的窗户旁边,她就站在那里,沐浴在夕阳之中。长长的黑发,藏蓝色的毛背心。她下身穿的百褶裙很短,只比背心的

---

① 雨窗,一般安装在窗户外面,常见于日式建筑,起遮光、防盗等作用。

底边长出一点。裙子下面是像死尸一样惨白的腿。不知道是不是背心颜色的缘故,她全身色调偏黑,散发出一种吸血鬼公主的气质。

茉莉花——

她面向窗口站着,转头看了我一眼,然后用与往常一样冷峻的目光瞥了一眼冰箱。

没错,这就是她。她的眼睛。她的眼神。我用意识制造出来的幻影。有些我忍了很久的东西,一下子都涌了上来。眼睛里感觉好热,脸颊像是着了火一样。嘴唇发颤,我用力吸着就要溢出来的什么。松本梨香子。从遇到她至今,这长久以来的回忆充盈着我的脑海。我知道只要我闭上眼睛,眼泪就会落下来。眼泪带着悲伤流过脸颊,留下冰冷的痕迹。不可以,我呻吟着,我不要她消失,不要她不见,我希望她在我身边。她是幽灵也好,是我的想象也罢,我想要她就这样在我眼前存在着。这样就好了。从今往后,我们就保持着和现在一样的关系,这有什么不可以的呢。

"茉莉花……不要离开我。"

她像在展示她那线条优美的脖子一样,缓缓地抬起下巴,视线从上而下地看着我。长发顺着肩膀散下,她用手一揽。

"你——"

"为什么没早点告诉我,你就是松本梨香子的事呢?因为,你是幽灵吗?"

我不得不把脸仰了起来。泪水模糊了视线,我词不达意地说着。

"告诉我,也没什么啊。你什么都不跟我讲,我、我就那么不可靠,不值得信任吗?"

"你——"

茉莉花眯起眼，然后低下了头，背对着我。白皙的手伸向望远镜，轻轻地一碰。她纤弱的背影，看起来有点寂寞。

"是啊，"她说道，"你发现了啊。"

眼睛感觉更热了，有什么要溢出来了。终于我不得不用手捂住脸，低下头。

"我、我……因为我发现了，所以，你就消失了是吗？你不要走！你不会走的，对吗？今后你也会一直在这里的，对吗？"

"你有没有发现我的真实身份，这根本不重要。"魔女的声音带着往日的冷漠，"逝者有逝者的世界。我在这里已经逗留得太久了，而且，你也不再需要我了。"

我抬起头。不是这样的。我需要你，比其他任何东西、比任何人都需要。我咬紧牙，想要走到她身旁，但可能走得太猛了，不小心被地上的人形模特绊住，重重地摔了一跤。但我仍抬起头，倔强地说："怎么可能，不是这样的！"

她歪着头看着我，目光温柔。"你太过执着于我，这跟依赖没有区别。你跟我不同，你不需要再待在这个地方了，你有自己开辟的新世界。我想，你还不至于笨到没意识到这一点。"

她说着，慢慢抬起手，指向窗外。对面是她平时从这里用望远镜和双目镜观察的地方。她所观察的世界。

我的新世界。之前没注意到的世界。没有姐姐的残酷世界。尽管如此，这也是个温柔的世界。有小西、高梨、松本、村木，有大家的世界。我想起了村木说的话。

有了妹妹之后，那个朋友就不见了——因为她看到我不再是孤单一人，所以离开了。肯定是这样——

不对，我摇着头，不是的。我一个人什么也做不到。全都是茉莉花教给我的，因为有她在，才有了我的世界。即使我的日常生活每天都平淡无奇，还有她派给我的很多莫名其妙的任务，但同时她也在引导着我，为我打开了属于我的世界。因为有她在，我才做到的。所以，所以——

"茉莉花，没有你的世界，我无法承受。"

眼泪不停落下，让我无法看清她的样子。

她慢慢地眯起眼，微侧着头，说道："听不懂人话的狗狗，对我还挺执着呢。"

执着。我很清楚这种感觉。我也确实可以算得上执着。不过，就算执着也好，我有更重要的，一种更加强烈的感觉，要发疯一样的感觉。

"但是不可以哦。我是已逝之人，没有理由继续待在你身边。"

待在我身边的理由。可以待在那里的理由。

理由，理由。

"理由什么的，都没关系的！"我喊着。

没关系的啊。不需要什么理由，都无所谓。亡灵也好，幻想也好，姐姐，学校，都无所谓。比起那些，我有更想要的，不能够失去的，非常重要的东西。

因为，我喜欢你。

"我，喜、喜——"

她抬起眼。我害怕她拒绝，所以不敢说出口。茉莉花像躲我似的，转过身去。我，我——现在不说出来的话，是要什么时候说啊。

我，喜、喜——她纤弱的肩膀颤抖着，像是在叹气，有点悲伤。内心冰冷的她，也会因为与我分别而感到悲伤吗？她也希望我在她身边吗？

那样的话。

可是在我之前,她开口了。

"不可以。"

她拒绝了。我张着嘴,倒吸一口气,看着她。

她缓缓地摇着头,说着不行。

"不行,啊啊,我不行了。这,哈哈哈,"她侧过脸,用手捂着嘴,看着我,但是马上又移开了目光,"你真的是,啊啊,不行了不行了,你真的是个极品啊!"

她把头摇得像拨浪鼓一样,长发随着她的动作左右摇摆着。我呆呆地看着她。茉莉花突然跳到床上,她抱起大大的枕头,把脸埋在枕头里,在床上打滚。

"啊啊,不行了不行了。你真的是,啊啊啊,笑死我了……"

她的脸埋在枕头里,穿着袜子的脚乱蹬着。

"不行了不行了。真的是,极品啊。这么……我,这么……哈哈哈哈。你这个废柴犬,笑死我了。"

她不停地打滚,不住地蹬脚。

我眨眨眼,看着她在床上折腾。

尽管她的笑声被吸进枕头里,还是能不时地传进我的耳朵。

银铃般的笑声。

"你,真的是,啊啊,不行不行,可笑的小狗狗啊。你不是不信幽灵什么的吗。啊哈哈哈。真的,笑死我了。"

那个……哈?

"你,什么意思啊?"

"什么什么意思呀?"

茉莉花还在大笑,我还是头一次看到她笑成这样。她不住地在床上打着滚,笑声埋进枕头里,我以为自己看到了世界末日的样子。她可能特别不想让我看到她大笑的样子吧,所以把脸完全埋进了枕头里。

"啊啊,你啊,你一脸这个世界要完了的表情,真的是极品啊。我一直知道你擅长胡思乱想,没想到你这想象力发达到如此地步。"

"那个……不是,那个……哈?"

她继续在床上打着滚。乌黑的长发四散开来,形成一个像蜘蛛网一样带魔力的图案。她的脚不住地乱蹬,百褶裙扬起来,露出更多的腿部肌肤。哦!刚、刚才一瞬间,一瞬间我看到的,难道是她臀部的……那个,像新雪一样白,线条婀娜妖丽,大腿根部的最深处,百褶裙做屋檐的神秘殿堂里,肯定是那里没错。她每每摇动腿部,百褶裙的裙摆扬起,我都可以窥见那神圣的殿堂。顺着腿部延伸,小小的圆丘,稍稍陷进去的部位——

"什么跟什么呀!到底怎么回事?莫名其妙。你到底在笑什么啊?"

我急得喊起来,双手按在床上,用力拍着。

"你不觉得这很好笑吗?啊啊,你啊,真的是,一个人在那里自嗨,真是令人拍案称奇的想象力。"

茉莉花仍旧把脸埋在枕头里,不住地乱蹬着脚。

然后,她大大地喘了几口气,几秒钟之后,终于像想起来了似的,慢慢起身。

终于看向了我。

我读不懂她的表情,虽然跟平常一样美丽,但可能因为笑得太过,眼角还带着泪痕。我就呆呆地看着她。

"都是你,说了一大堆荒唐话,我就索性配合着你演喽。"她说着,用手捂住嘴。她忍了好久,终于恢复了面无表情。"你以为,我就是松本梨香子的亡灵,是吧。我猜,你是想象了一出亡魂终于放下了对人世的留恋、功成升天的剧情，就配合着你的剧本演了一下。没想到你这脑子里想得这么离谱。啊啊，不行了，恐怕我最近一段时间只要想到这个就要笑死了。"

她又把脸埋进枕头里，开始打滚。

我觉得自己脸上发烫。

"那，到底是怎么回事，为什么你会有松本梨香子的学生手账？"荒唐的傻话？即兴演出？什么跟什么呀。"还、还有，老师也说，说那张你的照片就是松本本人。前辈的相册里有谁也不认识的人的照片，照片里的人就是你啊，我、我……"

你那是壮烈的妄想，她说。

我的眼泪又溢了出来。

我，到底算什么啊？

自作多情地误会，自作多情地紧张？

这一切都是我的误解？既不是幽灵，也不是幻象？

茉莉花，茉莉花。

她慢慢地抬起头，重新起身，一脸愠怒地看着我。

跟平时一样冷冷的，然后不知哪里带着邪恶的，属于魔女的表情。

她那艳粉的嘴角向上翘起，说道："原来如此……好吧，就让我给你分析一下，你是如何产生这个荒唐的想法的。"

9

我的脸烫得像着火了一样。

她少有地以鸭子坐①的可爱姿势坐在床上,而我则作为废柴犬,安分地正坐在地板上。像往常一样,给她讲着事情的经过。

"嗯……虽说是有几个巧合,可你还是个极品。"

她用手捂着嘴笑着说。

"快点解释一下啦。"

有那么好笑吗?我可是拼了命了好不好。

妖艳的魔女带着恶作剧的笑,缓缓站起来。

我看着她雪白的腿。

这个角度好可惜,如果能再近一点……

"首先,为什么我会拿着松本梨香子的学生手账。"

她轻轻地从床上跳下,一瞬间,百褶裙扬起,裙摆飞扬。我不由自主地睁大眼睛看着,但是并没有看到什么。女孩子的裙子到底是什么构造啊。我不由得怀疑她里面到底穿没穿衣服。我用手挡着发烧似的脸,看着她的一举一动。她站到了旁边的人

---

① "鸭子坐"是日本小姑娘喜欢的一种坐姿。与盘腿坐不同,鸭子坐时两腿向两侧分开,整体成 W 形,看起来文静可爱。

形模特后面。模特身上穿着她的备用白衬衣,外面是外套,领带是藏蓝色的。

"区区一只废柴犬,竟然翻我的东西,我该怎么处罚你呢?"

她站在模特后面,双臂从后面环住没有灵魂的模特,像是在下什么让人无法逃脱的咒语。她看着我笑,长长睫毛下闪着光的眼睛邪恶而魅惑。然后,她松开模特,手伸进外套里面。

像在逗弄低年级的女生一样,轻轻地爱抚着,有点色眯眯的。

我居然有些兴奋,正了正坐姿。

"你是用什么姿势摸我的胸部的?"

不对不对,我没摸,我是从地上捡起来的。

她像是刻意让我着急似的,过了好一会儿,才从外套里面掏出藏蓝色的手账。她用一只手轻轻地拿着,像握着个线球一样。

难道,她是故意用这么色情的手法的?

我完全是在被捉弄。

"我没经你的同意就看了,很抱歉。那个,可是,怎么说呢,我好想知道关于你的事情。"

"想知道我的事情,你还差得远呢。"

她冷冷地说道,然后坐在床上。

交叠在一起、线条柔和的双腿就在我眼前。肌肤和肌肤接触的地方升出一股甜甜的香气。

"那个,"太近了反而看不清,我低下头,"然后呢,那个手账……"

"当然,松本梨香子不是我的名字啦。这个手账也不是我的,是那个叫松本梨香子的女孩的啊。"

"哈?"

我抬起脸。茉莉花一脸鄙夷地看着我。

"你以为你是第一个吗?除你之外,出入过这个地方的还有两个人呢。你,是我的第三个仆人。"

"啊啊!"

我叫出了声。我从未这么想过。

除我之外,她还使唤过其他人吗?

"然后,那个叫高梨的男生,他说在废墟里什么都没看到。关于这个——"

没有详说刚才的事,她就提出疑问,转移到下一个话题。

"是、是的,高梨说,他先去废墟看了看场地,看到那儿什么都没有……他说他每层都看了,可是,这里……"

"话说,难道你会管明明有人住的大楼叫废墟?"

"啊,"我没懂她的问题,皱了皱眉,"不是,那个,要是有人住的话,那自然不是废墟。"

"这不是一回事吗。"茉莉花无所谓地说着,"这里,我在住啊。所以在别人眼里,这里并不是废墟。"

"啊,不是,那个……"

说是住在这里,你不过是非法占用罢了。

"算啦,像被我捡回来之前的你那样,放学之后直接回家,悲哀地荒度青春的人,是不会明白的啦。晚上的时候,我的房间会开灯。看你做功课的时候,如果天晚了也会点蜡烛。只从外面看的话,怎么会有人觉得亮着灯的楼是废墟呢?"

我细细回味着她的话。

我,无语了。

"那么……"

"那些参加社团活动回家比较晚的人,出校门的时候,肯定会注意到这个楼亮着灯。但是一放学就回家的你,自然是不会注意到了。因为你进到这个楼里之后,看到了里面的样子,所以你会觉得这里是废墟。可只是你这么想,在其他学生看来,这里晚上会亮灯,就是一栋普普通通的楼。"

那,也就是说……

"只有我一个人以为这里是废墟吗?"

"那不然呢?大概,叫高梨的那个男生去看的,是附近其他的废楼吧。"

确实,这附近还有几处跟这里差不多的废弃大楼。

"那么,照片的事呢?老师说照片里的人就是松本啊。"

我急急地问道。

茉莉花用手拨开长长的黑发,侧着头,说道:"当真是那么说的吗?"

"嗯?"

"照片里的人就是松本梨香子,老师是这么说的吗?"

我搜寻着回忆。

准确来说——

这是松本的照片啊。

老师,是这么说的。

"老师说,这是松本的照片……"

"让你实际感受一下可能你能明白得快一点。"

她耸了耸肩,伸展身体,看向旁边的矮桌。我默默地看着她扭动身体,柔软的大腿变换着线条。因为就在我眼前,想不看也不行啊。

茉莉花拿出一页从笔记本上撕下来的纸,还有一支自动笔。

"你画个小猫。"

"哈?"

"闭嘴,叫你做什么就做什么,废柴犬。"

"是。"

没有办法,我接过纸和笔,放在床上。用自动笔勾画出一个小猫头。

"我不记得我有让你画小熊哦……"

"这是猫啦!"

我举着我的画。

她歪着头,说:"所以呢,这是谁的画?"

"哈?"

谁的画?

这画的是小猫,但是,要说画是谁画的……

"这,是我的啊……"

话一出口,我脑子里忽然灵光一闪。

"啊,难道是说……"

"就算你再怎么笨,也终于懂了呢。没错,拿着一张人像照去问别人这是谁的照片时,问题的意思可以有三种解释。第一,问照片里的人是谁。第二,问这张照片是属于谁的。第三,问这张照片是谁拍的。"

我脑子里闪回了当时那两个人的对话。

这张照片,这是松本梨香子的照片,没错吧?

对,没错。好怀念啊,这正是松本的照片。

松本是跟老师确认,照片里的人是不是松本梨香子。正如茉莉花所说的,这是第一种解释,也是一般人的反应。但是,芳泽老师可能以为,那个问题是在跟她确认拍这张照片的是不是松本梨香子。就像茉莉花说的第三种解释那样。

"啊,不是,那个……那张照片,但是,拍那张照片的是一个叫松橘的人啊……"

"你好像还不知道呢，松本梨香子以前也是摄影部的哦。"

她云淡风轻地说出一个让我震惊的事实。

"色彩对比鲜明、风格独特，我一眼就看出来那是梨香子拍的照片了。更别说，那照的还是我本人，当然一看就知道了。"

"啊，怎、怎么一回事？我有点越来越糊涂了。"

"我不是说过了吗。梨香子也有过一段时间经常出入我这里。她很喜欢拍我。她离开之后，作为代替，出现了一个模仿她的人。也就是第二个出入我这里的人啦。"

新的事实，一个一个涌现出来。

我慢慢地、一点点地咀嚼着这些事实，过了好一会儿才开口说道："你……没想到，你朋友还挺多啊。"

"你小子还真是没礼貌呢。"

被瞪了。

我移开目光，努力在脑子里整理这些事实。

松本梨香子。我们一直在调查的女孩，她曾经在摄影部待过，拍的照片风格独特，还拍了很多茉莉花的照片。她去世之后，作为替代，摄影部的松橘堇经常出入这个地方。

模仿，茉莉花是这么说的。

这么一说，好像三轮部长也说过。

这是她从其他前辈的照片那里得到灵感而拍的照片，并不算是原创——松橘自己也是这么说的。

"那个老师休产假是四年前的事了。小堇是在第二年入学的。就算那个老师能认出梨香子的照片，可她也不会知道小堇模仿她的事。况且，被拍的还是同一个人，被误认为是梨香子拍的也不奇怪。那个老师自己以前是摄影部的指导老师，来问问题的又是摄影部的成员，所以她以为不是在问照片里的人是谁，而是问拍照片的人是谁，也情有可原。"

原来如此。

我长长地呼出一口气，悬着的心终于放下了。

不对。可是，还是奇怪。时间对不上啊？茉莉花既认识三年前入学的松橘，又认识比松橘大一届的松本梨香子？

"那个，我有一个小问题。"

"什么问题，狗狗？"

"你，今年多大呀？"

"你小子，女孩子的年龄怎么可以随便问！"

又被瞪了。

我慌忙垂下眼，在心里算着。

哦，是不是这样啊：也许，她不止留过一次级？

"对于你那荒唐的胡思乱想的分析就到此为止。你都明白了吧。"

"嗯嗯，还行吧。"

我不再计算她的年纪。世界上有得是还是不知道为好的事。

"不过，怎么说呢……"

我松了口气，环视屋内。

直到刚才，我还以为是亡灵的她，自然也有她的过去，有她曾经的人生。出入过这个地方的，不止我一个。最开始是松本梨香子，我们一直在调查的灵异事件的主人公。我多少也明白了，为什么茉莉花一直对关于"梨香子"的话题不感兴趣。

"怎么了？"

少有的，茉莉花竟冲我问道。我一边看着她住的这个地方，一边说："啊没有，松本梨香子，已经去世的那个女孩，之前也来过这里啊，这么一想，觉得还挺感慨的。"

"她没死。"

"什么？"

我回头看着茉莉花。

"梨香子，没有死哦。"

再一次，我被出其不意的事实惊住了。松本梨香子，没有死？

"怎么一回事？"

"是大家的猜测扭曲了事实吧。梨香子确实是从外部楼梯上摔下去过，但是命保住了。"

茉莉花抬起脸，眯着眼睛看着从窗外照进来的夕阳。

她的表情看上去像是在凝视远方。

"不过，她没再回学校上课。什么都没说，没再露面，就去了别的地方。转学了。所以，大家才会猜测她是不是已经死了。"

松本梨香子，还活着。

我眨着眼吸收着新的信息，呆呆地看着茉莉花。

也许是错觉。她看起来，有点难过。

妖艳的魔女，躺在床上，忧郁地躺着。长长的黑发散开来，我看不到她的表情。突然，她仿佛一下子失去了力气。

"她跟我，也什么都没说。"

她轻声说着。

是这样啊，我才意识到，虽然她嘴里把松本梨香子说成是曾经出入这里的人什么的，但事实上，这是她们俩的秘密基地，两个人一起拍照片，她们是好朋友。是很重要的好朋友啊。

对茉莉花来说是非常重要的人。我只窥见了一点点藏在背后的过去和故事，不过我可以想象。梨香子。说起来，她这么亲密地叫别人的名字，是非常少有的啊。而且，茉莉花她还一直保留着松本梨香子留下的学生手账，一直放在胸前的口袋里。

"茉莉花……"

我唤着把脸埋在床上的她。

"我也和你差不多呢。"

静静地，她感叹着。

"我也一直在寻找，她没有告诉我的那些话。"

那些突然的离别所造成的永远的秘密。

我一直寻找着那个答案。没有告诉我的话。我没有注意到的事。

内心一直在喊着，为什么你什么都不跟我说？

哭过，喊过，然后，也只能继续寻找下去。只能继续思考下去。

已经过去的时间，是不会回来的。

我似乎明白了一点点。

我似乎明白了，她拿望远镜在外面的世界寻找什么。

"但是，已经是过去的事了。"

茉莉花趴在床上，静静地说。

"现在才想挽回，已经是不可能的了。"

她微微叹着气，像是放弃了似的，眼睑似乎在颤动。

我不能光这么看着，为了她们，我必须做点什么才行。

没能说出口的话。

松本梨香子。

突然，我脑子里的信息一下子理清了，勾勒出了一个假设。就是最近，我似乎在哪儿听到过类似的事。

"茉莉花。"

我跪在地上，直起身。

这个假设成立的可能性非常大。

"你想见见松本吗?"

她抬起了埋在床上的脸。抬起沉重的眼皮,露出忧郁的瞳孔,不可思议地望着我。

我,已经无法挽回了。

姐姐已经死了。

但是,松本梨香子还活着。她还活着。

"你,还可以挽回的。"

魔女有点惊讶,仰起脸。

"你说什么呢……"

"没问题的。"

必须去确认一下。

我站起身,奔出卧室。跑下楼梯,拼命地跑着。

拼命地。

快点,再快点。

10

虽然太阳已经落下去了,可闷热感一点也没有消退。

我把从自动售货机买的运动饮料灌进嗓子里,等着时不时从窄巷吹过来的风。我站在平时经常出入的废墟大楼入口,这感觉有点奇妙。我玩玩手机,打打游戏,打发着时间。

正感觉肚子有些饿了的时候,听到有声音,我回头看向卷帘门的方向,又看了一眼时间,过了一个半小时。比我想的要快。

半闭着的卷帘门的阴影里,出现了一个女人的身影。

"嘿咻——"

她从卷帘门下面钻了出来,直起身,看到我,不由得眨了眨眼。

"哇,柴山,你是在等我吗?"

说着,樱井姐笑了。

果然,我跟没那么熟的女生说话时,还是不敢看她们的眼睛。

我边用手挠挠头,边点头。

"那个,我送你回去。天已经黑了。"

"哇,好绅士呢。谢谢你。"

我们就这么走着,穿过窄窄的巷子,走出校门。

"怎么样?"

我问走在身旁的她。

樱井姐有点害羞地笑着点了点头。

"虽说好久没见了,但是感觉没怎么变呢。我跟她说,我已经结婚了,现在一边当家庭主妇一边打打零工。她听了说,哦呀,这样啊。跟以前一样的冷漠脸。"

街灯昏黄的灯光下,她笑着说着,看起来很幸福,手上的戒指闪着光。樱井梨香子学姐,娘家本姓松本。

她是摄影部的OG①,后来转学去其他学校了,名字叫梨香子——而且前几天,我等着洗照片的时候,她以为"松本"这个称呼是在叫自己——这些,可能离确定真相还差一点。但是,这么多要素的重合,绝非偶然。幸运的是,我的推理没有错。

"你和茉莉花,你们……"

你们是什么关系啊,这么问有点奇怪,我支支吾吾的。不过,樱井姐似乎听懂了。

"我第一次见到她是高三的时候,她当时高一。那是个春天,她在校园里的樱花树下,孤零零地站着。当时我像是着魔了似的,按下了快门。其他的新生都在开心地说笑打闹,只有她,一个人孤孤单单的。但是她一脸孤傲,似乎在说我一个人也无所谓,就那么望着天空。她那个侧脸,我印象非常深。"

我想象着当时的场景,慢慢地走着。校园里的樱花树下。站立在学校里的,我所不知道的她。

"虽说如此,我还是吃了一惊呢。她竟然一直留级,现在还

---

① Original Generation 的缩写,即"元老""前辈"之意。

在那儿，实在是没想到。因为我离得很近，有时觉得很怀念，也想过回去看看。但是我一直以为那个大楼肯定已经被拆了。"

没有变，放心了。她说着。

"那个家伙，那个屋子，什么都没变。都还像以前一样，态度恶劣，冷淡，一点不可爱，真的是很有那家伙的风格。我觉得自己好像也回到了高中那时候似的。"

一个半小时。

这对于曾以为不可能实现的与旧友的再会来说，是长还是短呢？我不清楚。不过，我猜在那一个半小时里，茉莉花终于听到了一直没能听到的话。

"樱井姐。"

不知不觉间，她已经走到了我前面。看着她的背影，我开口问道："听说你以前从外部楼梯上摔下来过。"

樱井停下了脚步。

她回过头，微微歪头。无忧无虑地笑着，说道："我想去够鸟窝，不小心摔下去了。"

她说的是真的吗？我感到怀疑。

不过，我转念一想，这个我不需要知道。而且，她说的不管是真还是假，都无所谓了。不管怎样，她现在还好好地活着，幸福地笑着。并没有什么无法挽回的东西。

"柴山。"

樱井姐笑着，深深地低下头。

感谢的话语排山倒海地从我脑中掠过。

"没有没有，我没做什么。"

但她低着头，接着说道："我真的一直很想再见见她。可是心里总有个声音说，当初是你什么都没说就走掉了。所以这次我们能再重逢，真的多亏了你。我们能再说说话，也是多亏了你。"

所以，她说——

"谢谢。"

樱井姐抬起头，躲过我的目光，用手捂住了鼻子。

然后，笑了。

她真的是个适合笑的人。

"送我到这里就可以了。"

"啊，那个……"

"你快点去那家伙那里吧。柴山你是放心不下她，才一直陪着我的吧。"

一语中的。我脸红了。

"那家伙，看上去那个样子，其实特别害怕孤单。所以，你一定要陪着她啊。"

听她这么说，我觉得有点不好意思。

"我这样的人，可以一直陪在她身边吗？"

我一边摸着头，一边遮遮掩掩地说。

樱井笑了。

"理由无所谓。重要的是，她对你来说是什么。"

这话让我一震，屏住了呼吸。

可以待在那里的理由。

那个时候，我对着她是这么喊的。

那种事没有关系的。

肯定是这样的。可以待在谁身边的理由。我可以待在学校的理由。可以融进朋友圈子的理由。和摄影部的大家待在一起的理由。

其实，那些都无所谓的。

没有必要。

只需要喊出来,想待在一起,想在一起。就足够了。

"好。"

我点点头。

本来我还想多听樱井姐说说关于茉莉花的事的。但是,也不需要了。与其听别人说,我更想听茉莉花自己讲。我想知道,很多很多。

"谢谢你。"

我低下头向她致谢。

然后,我要回到那个人身边。我想和她在一起。

11

入夜了,吸血鬼躺在床上。

几盏蜡烛亮着,火光摇曳,在屋子里投射出不可思议的光影。

她背对着我。对于从楼下一路跑上来正气喘吁吁的我,她完全不为所动。我走进房间里,坐在平时我坐的位置上,看着她的背。

与老朋友的再会,孤傲的魔女做何感想呢?

"茉莉花。"

我叫她,可她还是背对着我,像是屏住了呼吸一样,一动不动。她像是在思考着什么。

我小声地呼着气。真的是忙惨了的一天。还有被恐惧和不安缠绕着的那几天。还好,什么都没失去。什么都没失去。我珍视的最重要的东西还在。

突然,咔嚓一声。我抬头一看,应该是照相机快门的声音。

不知什么时候,躺在床上的她把手机对向了我。

"你、你干什么呀,这么突然。"

"还你的啊。"她语气平淡地说着,"你这呆呆的样子太好笑了,不由得按了快门。"

"还我?"

"之前你不是没经我同意就拍过我吗？"

原来被她发现了啊，我有点吃惊。

"那么，那时我拍的照片洗出来都曝光了，难道是因为……"

"我怎么能让自己成为你意淫的对象。我帮你把胶卷拿出来曝光了啊。"

"我、我不会对着你的照片乱想的。"

我使劲儿地否认。

"不说这个了，你的手机，是换新的了吗？"

"因为出新机型了，所以我就换了啊。这种事一看不就知道了，还用问啊。"

"那个……难道说，你电话和邮件都不通是因为……"

"我换了运营商啊。新换的这家更便宜。"

"那你一周没在是因为……"

"哎呀，我也会偶尔出个远门的啊。"

"什、什么……"

我真的是无语了。

竟然是这种原因。可是我……

各种感情像浊流一样，汇集在一起，成了一个旋涡，不停向上涌，像是能喷出水花。那是一种放心与愤怒交织在一起的复杂感情。我无言地动了动嘴唇，抬起头看到妖艳的魔女像平时一样盘着长腿，幽幽地看着我，一如平日。她还是那个老样子啊。之前太过慌乱而暂忘掉的汹涌的感情，在我的胸中涌动。我视线中的她渐渐变得模糊，眼泪突然如决堤一般哗地流下。我朝她大喊道："为什么、为什么不事前告诉我一声啊！"

我跪着，抗议着。

"你知不知道我有多担心啊！我以为，再也见不到你了，以为你不见了……你知不知道我有多害怕、多伤心、多寂寞……"

她就在这里。

她毫无疑问地活着。

知道这些之后,加上又被她狠狠地嘲笑了一顿,比起放心的感觉,羞耻心更占了上风。所以此时,那无处安放的情感终于都宣泄而出,打湿了我的面颊。

"我以为再也见不到你了……"

虽说是我自己误会了,但她也不至于这么笑话我吧。

"我真的、真的以为你……以为你是幽灵,所以才消失不见……"

又会被她笑吧。

眼中的泪水让我看不清她的样子。

我狼狈地低头抽泣着。我本来不想让她看到我淌着鼻涕的丢脸模样,不过事到如今已经没什么可害怕或者不安的了,但热泪仍然不断涌出,肩膀也不住地颤抖着。

"——把脸抬起来。看着我。"

我抬起脸。

她从床上下来,就在我眼前。她趴在地上,不可思议地盯着我,以一种几近魅惑的姿势。她伸出洁白的手指,抚摸着顺着我的脸滑下的泪珠。

她垂下眼皮,长长的睫毛盖住了她的眼睛。我默默地看着她。

此时,她突然改成鸭子坐的姿势,说道:"作为道歉,让你感受一下我好啦。"

"哈?"

已经要止住的鼻涕又流了出来。

她傲慢地仰着下巴,魅惑地笑着。

"摸摸我，感受我。"

她握住了我的手，暖暖的。我怔怔地任凭她牵着我的手，放到她那藏蓝色的毛衣上。

甜甜软软的凸起。像是在感受着我手掌的触摸一般，她闭上了眼睛。

我一动也不敢动，手指就这样僵在那里，只是用手掌感受她的柔软，却不敢确认一下那甘美的弹力，只能屏着气。

"你知道的吧，"她闭着眼睛，轻轻地说道，"我就在这里。"

暖暖的感觉。柔柔的跳动。活生生的温暖。

随着每一次呼吸的微动，我能感受到那柔美的曲线。与她的平静不同，我正在与烦恼做着殊死搏斗。摸到了。直接地摸到了。要是想握住的话就是现在了。想好好摸一下的话就是现在了。想确认她活生生地就在我身边的话，需要更多的触摸。需要握住。需要好好揉一揉——

"不行了啦！"

我把手从她的手里抽出来。我还以为自己要死了。手掌里带着她的温度。我像是要把手藏起来一样，放在身后。

"呀，这样就够了吗？"

她睁开眼，还是一如往常的妖艳表情。

"我是很绅士的。"

这算什么道歉啊。她一点都没在反省好不好。她看着我这反应，嘲笑我，捉弄我——

我背对着她，想多少表现出一点生气的样子。

然后，视线落在仍僵硬着的手掌上。

回想着手掌里感受到的温热。

活生生的。

就在这里。

就在我身边。

突然，背后感到一阵温热。我忍住没叫出声。我知道，是她将背靠在了我的背上。

我们背靠背坐着，烛光摇曳。

"柴犬。"

茉莉花静静地说。静静的，温柔的。

"我一直在找的一个东西，终于找到了。"

她微微动了动，我能感觉到。我没回头。所以不知道她是什么表情，什么姿势。但是，我能感觉得到。

"所以，谢谢你。"

她的话，让我胸口一热。

我们的距离好近，近得只要注意听，连心跳声都能听得到。

她就在这里。

我就在她的身旁。

我想告诉她，现在，就在这里。

所以我在微暗的寂静之中，挪动了一下手。在稍有点脏的床上，慢慢地，缓缓地。不论什么时候，我都是这样的。与谁在一起，其实是不需要理由的。像这样，一点点地在黑暗中摸索，慢慢地靠近。

所以，如果伸手能碰到她，能握住的话，就足够了。

我想紧紧握住她，告诉她。

我也在这里。

就在你的身旁。

Matsulica Mahalita
© Sako Aizawa 2013
First published in Japan in 2013 by KADOKAWA CORPORATION, Tokyo.
Simplified Chinese translation rights arranged with KADOKAWA CORPORATION, Tokyo through JAPAN UNI AGENCY, INC., Tokyo.
Simplified Chinese translation rights © 2019 by New Star Press Co., Ltd. Beijing China.
著作版权合同登记号：01−2018−6460

图书在版编目（CIP）数据

废墟中的少女侦探 .2／（日）相泽沙呼著；靳园元，魏寒冰译 .——北京：新星出版社，2019.8

ISBN 978−7−5133−3288−0

Ⅰ.①废⋯ Ⅱ.①相⋯ ②靳⋯ ③魏⋯ Ⅲ.①故事−作品集−日本−现代 Ⅳ.① I313.45

中国版本图书馆 CIP 数据核字（2019）第 132518 号

废墟中的少女侦探 2

［日］相泽沙呼 著；靳园元　魏寒冰 译

责任编辑：王　欢
特约编辑：赵笑笑
责任校对：刘　义
责任印制：李珊珊
封面设计：冷暖儿

出版发行：新星出版社
出 版 人：马汝军
社　　址：北京市西城区车公庄大街丙3号楼　　100044
网　　址：www.newstarpress.com
电　　话：010−88310888
传　　真：010−65270449
法律顾问：北京市岳成律师事务所

读者服务：010−88310811　　service@newstarpress.com
邮购地址：北京市西城区车公庄大街丙 3 号楼　　100044

印　　刷：北京天恒嘉业印刷有限公司
开　　本：910mm×1230mm　　1/32
印　　张：7.25
字　　数：161千字
版　　次：2019年8月第一版　2019年8月第一次印刷
书　　号：ISBN 978−7−5133−3288−0
定　　价：42.00元

版权专有，侵权必究。如有质量问题，请与印刷厂联系调换。